U0001846

雲中歌
桐華◎著
卷二
情亂長安城

雲中歌
卷二
情亂長安城
目錄

第九章 兩生花

風叔凝視著手牽著手、肩並著肩而站的孟玨和雲歌，一時沒有說話，似乎想起了什麼，神情有幾分恍惚悲傷，眼內卻透出欣喜……

孟玨寬慰雲歌：「不用擔心，風叔叔沒有子女，卻十分喜歡女兒，一定會很喜歡妳，只怕到時，對妳比對我更好。」

雲歌輕聲說：「小隱隱於山，大隱隱於市，你的叔叔不好應付呢！」

屋內不冷也不熱，除了桌椅外，就一個大檀木架子，視野很是開闊。檀木架上面高低錯落地擺著許多水仙花，盈盈一室清香。

「雲歌，妳在這裡等著，我去見叔叔。不管發生什麼聽到什麼，妳只需要微笑就好了。」孟玨叮囑了雲歌一句，轉身而去。

雲歌走到架旁，細細欣賞著不同品種的水仙花。

遙遙傳來說話聲，但隔得太遠，雲歌又不好意思多聽，所以並未聽真切，只覺得說話的聲音極為嚴厲，似乎在訓斥孟玨。

「做生意免不了和官面上的人來往，可無論如何，不許介入漢朝現在的黨派爭執中。你在長安結交的都是些什麼人？動輒千金、甚至萬金的花銷都幹什麼了？為什麼會暗中販運鐵礦石到燕國？別和我說做生意的鬼話！我可沒見到你一個子兒的進賬！還有那些古玩玉器去了哪裡？不要以為我病著就什麼都不知道。小玨，你如此行事，我身體再不好，也不能放心把生意交給你，錢財的確可以鑄就權勢之路，卻也……」

來人看到屋內有人，聲音忽然頓住，「小玨，你帶朋友來？怎未事先告訴我？」

本來幾分不悅，可看到那個女子雖只是一個側影，卻如空潭花，山澗雲，輕盈靈動，與花中潔者水仙並立，不但未遜色，反更顯瑤台空靈。他臉色仍然嚴厲，心中的不悅卻已褪去幾分。

雲歌聽到腳步聲到了門口，盈盈笑著回身行禮，「雲歌見過叔叔。」

孟玨介紹道：「風叔叔，這是雲歌。」

雲歌又笑著，恭敬地行了一禮。

不知道風叔有什麼病，臉色看上去蠟黃，不過精神還好。

風叔叔盯著雲歌髮髻邊的簪子看了好幾眼，細細打量雲歌片刻，讓雲歌坐下，開口就問：「雲歌，妳是哪裡人？」

「我不知道。我從小跟著父母東跑西跑的，這個地方住一會兒，那個地方住一會兒，爹爹和娘親都是喜歡冒險和新鮮事情的人，所以我們去過很多國家，也住過很多國家，不知道該算哪裡人。我在西域很多國家有家，在塞北也有家。」

風叔難得地露了笑，「妳漢語說得這麼好，家裡的父母應該都說漢語吧？」

雲歌愣了一下，點點頭。

是啊！她怎麼從沒有想過這個問題？父母雖會說很多國家的語言，可家裡都用漢語交談，現在想來，家中的習俗也全是漢人的風俗，可父母卻從沒有來過漢朝……

一直板著臉的風叔神情變得柔和，「妳有兄長嗎？」

「我有兩個哥哥。」

風叔問：「妳大哥叫什麼？」

雲歌猶豫了下，方說：「我沒有見過大哥，他在我出生前就去世了。我說的兩個哥哥是我的二哥和三哥。」

風叔眼中有疑惑，「那妳二哥叫什麼？」

「單名『逸』。」

風叔恍然大悟地笑了，神情越發溫和，「他現在可好？」

「二哥年長我很多，我出生時，他已成年，常常出門在外，我已兩三年沒有見二哥了，不過我二哥很能幹的，所以肯定很好。」

「妳娘她身子可好？」

「很好。」

雲歌雖然自小就被叮囑過，不可輕易告訴別人家人的消息，可風叔問的問題都不打緊，況且他是孟玨的長輩，換成她帶孟玨回家，只怕母親也免不了問東問西，人同此心，雲歌也就一一回答了。

風叔再沒有說話，只是凝視著雲歌，神情似喜似傷。

雖然屋子內的沉默有些古怪，風叔盯著她審視的視線也讓雲歌有些不舒服，可雲歌謹記孟玨的叮囑，一直微笑地坐著。

很久後，風叔輕嘆了口氣，極溫和地問：「妳髮髻上的簪子是小玨給妳的？」

雲歌雖不拘小節，臉也不禁紅起來，只輕輕點了點頭。

孟玨走到雲歌身側，牽著雲歌的手站起，雲歌抽了幾下，沒有抽出來，孟玨反倒握得越發緊。

孟玨向風叔行禮，「叔叔，我和雲歌還有事要辦，如果叔叔沒有別的事情囑咐，我們就先告退了。」

風叔凝視著手牽著手、肩並著肩而站的孟玨和雲歌，一時沒有說話，似乎想起了什麼，神情有幾分恍惚悲傷，眼內卻透出欣喜，和顏悅色地說，「你們去吧！」又特意對雲歌說：「把這裡當成自己家，有時間多來玩，若小玨欺負了妳，記得來和叔叔說。」

風叔言語間透著以孟玨長輩的身分，認可了雲歌是孟玨什麼人的感覺，雲歌幾分尷尬，幾分羞赧，只能微笑著點頭。

這幾日長安城內，或者整個大漢最引人注目的事情，恐怕就是皇上下旨召開的「鹽鐵會議」。先皇劉徹在位時，因為用兵頻繁，軍費開支巨大，所以將鹽鐵等關乎國運民生的重要事務規定為官府特許經營，不許民間私人買賣。

官府的特權經營導致了鹽鐵價格一漲再漲。文帝、景帝時，鹽的價格和茶油等價，到武帝末年，鹽鐵已是高出茶油幾倍。鐵器的價格也高出原先很多倍。

民間不堪重負下，開始販運私鹽，官府為了打擊私鹽販賣，刑罰一重再重，一旦抓到就是砍頭重罪。

劉弗陵當政以來，政令寬和，有識之士們也敢直言上奏，奏請皇上准許鹽鐵私營，卻遭到桑弘羊和上官桀兩大權臣的激烈反對，霍光則表面上保持了沉默。

劉弗陵下詔從各個郡召集了六十多名賢良到長安議政，廣納聽聞，博采意見。

這些賢良都來自民間，對民間疾苦比較瞭解，觀點很反應百姓的真實想法。對皇上此舉，民間百姓歡呼雀躍的多，而以世族、豪族、世姓、郡姓、大家、名門為主的豪門貴冑卻是反對者多。

「鹽鐵會議」一連開了一個多月，成為酒樓茶肆日日議論的話題。機靈的人甚至四處搜尋「鹽鐵會議」的內容，將它們編成段子，在酒樓講，賺了不少錢。

以桑弘羊和丞相田千秋為首的官員士大夫主張鹽鐵官營，認為鹽鐵官營利國利民，既可以富國庫，又可以防止地方上有像吳王劉濞那樣利用鹽鐵經營坐大勢力，最後亂了朝綱的事情發生。

賢良們則主張將經營權歸還民間，認為現在的政策是與民爭利，主張取消平準、均輸、罷鹽鐵官營，主張讓民富，認為民富則國強。

雙方的爭執漸漸從鹽鐵擴及到當今朝政的各個方面，在各個方面，雙方都針鋒相對。

在對待匈奴上，賢良認為對外用兵帶來了繁重的兵役、徭役，造成「長子不還，父母愁憂，妻子詠嘆。憤懣之恨發動於心，慕思之積痛於骨髓」，建議現在最應該做的其實是「偃兵休士，厚幣結和親，修文德而已」，他們提倡文景時的和親政策。

大夫派的看法則相反，仍然積極主戰。他們認為漢興以來，對匈奴執行和親政策，但匈奴的侵擾活動卻日甚一日。正因為如此，先皇漢武帝才「廣將帥，招奮擊，以誅厥罪」，大夫認為「兵革者國之用，城壘者國之固」，如果不重兵，匈奴就會「輕舉潛進，以襲空虛」，其結果是禍國殃民。

從鹽鐵經濟到匈奴政策，從官吏任用到律法德刑，一場「鹽鐵會議」有意無意間早已經超出了鹽鐵。

孟玨和劉病已兩人常常坐在大廳僻靜一角，靜靜聽人們評說士大夫和賢良的口舌大戰，聽偶來酒樓的賢良們當眾宣講自己的觀點。

雲歌有一次看見了霍光隱在眾人間品茶靜聽，還第一次看見了穿著平民裝束的上官桀，甚至她懷疑自己又看見了燕王劉旦，可對方屏風遮席，護衛守護，她也不敢深究。

在熱鬧的爭吵聲中，雲歌有一種風暴在醞釀的感覺。

雲歌端菜出來時，聽到孟玨問劉病已，「病已，你說皇上這麼做的用意究竟是什麼？」

劉病已漫不經心地笑著：「誰知道呢？也許是關心民間疾苦，想聽聽來自民間的聲音；也許是

執政改革的阻力太大，想藉助民間勢力，扶持新貴；也許是被衛太子鬧的，與其讓民間整天議論他的皇位是如何從衛太子手裡奪來，不如自己製造話題給民間議論，讓民間看到他也體察民心。這次鹽鐵會議，各個黨派的鬥爭都浮出水面，也是各人的好機會，如果皇上看朝廷中哪個官員不順眼，正好尋了名正言順的機會，利用一方扳倒另一方；更可能，他只是想坐山觀虎鬥，讓各個權臣們先鬥個你死我活，等著收漁翁之利。」

孟玨擊箸而贊：「該和你大飲一杯。」

劉病已笑飲了一杯，「你支持哪方？」

孟玨說：「站在商人立場，我自然支持賢良們的政策了，於我有利，至於於他人是否有利，就顧及不了了。人在不同位置，有不同的利益選擇，一個國家也是如此，其實雙方的政策各有利弊，只是在不同的時期要有不同的選擇。」

劉病已輕拍了拍掌，「可惜我無權無勢，否則一定舉薦你入朝為官。賢良失之迂腐保守，大夫失之貪功激進，朝廷現如今缺的就是你這種會見風使舵的商人。」

孟玨笑問：「你這算誇算貶？照我看，你的那麼多『也許』，後面的也許大概真就也許了。」

劉病已點了點頭，「一隻小狐狸，雖然聰明，可畢竟力量太薄弱，面對的卻是捕獵經驗豐富的一頭狼、一頭虎，只怕他此舉不但沒有落下好處，還會激怒了狼和虎。可憐那隻老獅子了，本來可以安養天年，可年紀老大，卻還對權勢看不開，估計老虎早就看他不順眼，這下終於有機會下手了。」

拿了碗筷出來的許平君笑問：「誰要打獵？豺狼虎豹都齊全了，夠凶險的。」

劉病已和孟玨都笑起來，一個笑得散漫，一個笑得溫和，「是有些凶險。」

雲歌支著下巴，看看這個，再看看那個，一字一頓地說：「小、心、點。」

孟玨和劉病已都是一怔，平君笑著說：「別光忙著說話，先吃飯吧！」

快要吵翻天的「鹽鐵會議」終於宣告結束。

雖然相關的政策現在還沒有一個真正執行，可六十多位賢良卻都各有了去處，有人被留在京城任職，有人被派往地方。

大司馬大將軍霍光在大司馬府設宴給各位賢良慶賀兼餞行，作陪的有朝廷官員，有民間飽學之士，有才名遠播的歌女，有豪門公子，還有天之驕女，可以說長安城內的名士佳人齊聚於霍府。

霍光雖來七里香吃過兩三次雲歌做的菜，卻因知道雲歌不喜見人的規矩，所以從沒有命她去霍府做過菜。況且如此大的宴席，根本不適合讓雲歌做，而是應該由經驗豐富的大宴師傅設計菜式，組織幾組大中小廚分工協作。但霍府的家丁卻給雲歌送來帖子，命雲歌過府做菜。

雲歌表明自己能力不夠，很難承擔如此大的宴席，想推掉請帖。

家丁口氣強硬：「大司馬府的廚子即使和宮裡的御廚比，也不會差多少。根本用不上妳，叫妳去，不過是給我家夫人和女眷們嚐個新鮮。我家夫人最不喜別人掃她的興，妳想好了再給我答案。」

雲歌看常叔一臉哀求的神色，暗嘆了口氣，淡淡說：「在下去就是了。」

「諒妳也不敢說不。」家丁冷哼了一聲，趾高氣揚地離去。

雲歌帶了七里香的兩個廚子同行，許平君性喜熱鬧，難得有機會可以進大司馬府長長見識，又可以看免費歌舞，自然陪雲歌一塊去。

要做的菜都是霍夫人已經點好的，雲歌也懶得花心思，遂按照以往自己做過的法子照樣做出來，有些菜更是索性交給了兩個廚子去做，三個人忙了一個多時辰就已經一切完成。

上菜的事由府內侍女負責，不需雲歌再操心。

「不知道霍夫人想什麼，這些菜，她府邸裡的廚子做得肯定不比我差，她何必請我來？」雲歌細聲抱怨。

許平君撇撇嘴說：「炫耀呀！長安城內都知道雅廚難請，就是去七里香吃飯都要提前預約，霍夫人卻是一聲令下，妳就要來做菜。那些官員的夫人們等會肯定是一邊吃菜，一邊拚命恭維霍夫人了。」

「霍大人城府深沉，冷靜穩重，喜怒近乎不顯，可怎麼夫人卻……卻如此飛揚跋扈？弄得霍府也是一府橫著走的螃蟹。」

許平君哈哈笑起來，「雲歌，妳怎麼說什麼都能和吃扯上關係？現在的霍夫人不是霍大人的原配，是原來霍夫人的陪嫁丫頭，原本只是霍大人的妾，霍夫人死後，霍大人就把她扶了正室，很潑辣厲害的一個人。不過……」許平君湊到雲歌耳邊，「聽說長得不錯，對付男人很有一套，否則以霍大人當時的身分也不可能把她扶了正室。」

雲歌笑擰了許平君一把，「我見過霍府小姐霍成君，很嫵媚標緻的一個人。如果她長得像母親，那霍夫人的確是美人。」

許平君笑說：「別煩了，反正菜已經做完，現在一時又走不了，我們溜出去看熱鬧。想一想，長安城的名人可是今晚都會聚在此了，聽聞落玉坊的頭牌楚嵱，天香坊的頭牌蘇依依今天晚上會同台獻藝，長安城內第一次，有錢都沒有地方看。當然……我以前也沒有看過她們的歌舞。」

「許姐姐，妳的錢都到哪裡去了？我看妳連新衣服都捨不得做一件。」

雖然賣酒賺的錢，常叔六，她們四，可比起一般人家，許平君賺得已不算少。

「要交一部分給我娘，剩下的我都存起來了，以後買房子買田打造傢俱，開銷大著呢！妳也知道病已愛交朋友，為人又豪爽，那幫走江湖的都喜歡找他救急，錢財是左手進，右手出。我這邊不存著點，萬一有個什麼事情要用錢，哭都沒地方哭。」

不知道從什麼時候起，許平君在她面前一點都不掩飾對劉病已的感情，而且言語間，似乎一切都會成為定局和理所當然。

雲歌很難分辨自己的感覺，一件自從她懂事起，就被她認為理所當然的事情，卻變成了另外一個人的理所當然。

也許從一開始，從她的出現，就是一個多餘，她所能做的只能是祝福。

看到許平君的笑臉，感受著許平君緊握著她的手，雲歌也笑握住了許平君的手，「許姐姐，姐姐。」

「做什麼？」

「沒什麼，我就是想叫妳一聲。」

許平君笑擰了擰雲歌的臉頰，「傻丫頭。」

「許姐姐，我從小跟著父母跑來跑去，雖然去過了很多地方，見到了很多有意思的事情，可因為居無定所，我從來沒有過朋友，只有兩個哥哥，還有陵……」雲歌頓了下，「二哥對我很好，可他大我太多，我見他的機會也不多，三哥老是和我吵架，當然我知道三哥也很保護我的，雖然三哥的保護是只許他欺負我，不許別人欺負我。我一直想著如果我有一個年齡差不多大的姐姐就好了，我們可以一起玩，一起說心事，我小時候也就不會那麼孤單了。」

許平君沉默了一會，側頭對雲歌說：「雲歌，我家的事情妳也知道，我的哥哥……不說也罷！我也一直很想要個姐妹，我會永遠做妳的姐姐。」

雲歌笑著用力點了點頭，「我們永遠做姐妹。」

雲歌心中是真正的歡喜。

有所失、有所得，她失去了心中的一個夢，卻得了一個很好的姐姐，老天也算公平。

暗夜中，因為有一種叫做「友情」的花正在徐徐開放，雲歌覺得連空氣都有了芬芳的味道。

許平君是第一次見識到豪門盛宴，以前聽人講故事時，也幻想過無數次，可真正見到了，才知道豪門的生活，絕不是她這個升斗小民所能想像的。

先不說吃的、喝的、用的，就單這照明的火燭就已經是千萬戶普通人家一輩子都點不了的。想著自己家中，過年也用不起火燭，為了省油，晚上連紡線都是就著月光，母親未老，眼睛已經不好。再看到宴席上，遍身綾羅綢緞、皓腕如雪、十指纖纖的小姐和夫人們，許平君看了看自己的手，忽覺心酸。

雲歌正混在奴婢群中東瞅西看，發覺愛說話的許平君一直在沉默，拽了拽許平君的衣袖，「姐姐，在想什麼呢？」

「沒什麼，就是感嘆人和人的命怎麼就那麼不同呢！看到什麼好玩的事情了嗎？」

「沒……有。」雲歌的一個「沒」字剛說完，就看到孟珏，而鄰桌坐的是霍成君，那個「有」字變得幾若無。

「那不是孟大哥嗎？旁邊和他說話的女子是誰？」

「這個府邸的小姐，現任霍夫人的心頭寶。」

許平君搧了搧鼻子，「我怎麼聞到一股酸溜溜的味道？」

雲歌瞪了許平君一眼，噘嘴看著孟珏。腦子中突然冒出一句話，「舊愛不能留，新歡不可追」，她究竟得罪了哪路神仙？

純粹自嘲打趣的話，舊愛到底算不算舊愛，還值得商榷，至於新……雲歌驚得掩住了嘴，新歡？他是她的新歡嗎？她何時竟有了這樣的想法？

許平君牽著雲歌，左溜右竄，見縫插針，終於擠到一個離孟玨和霍成君比較近的地方，但仍然隔著一段距離，不能靠近。

許平君還想接近，外面侍奉的丫頭罵了起來，「妳們是哪個屋的丫頭？怎麼一點規矩都不懂？湊熱鬧不是不可以，但有妳們站的地方，這裡是妳們能來的嗎？還不快走，難道要吃板子？」許平君朝雲歌無奈一笑，只能牽著雲歌退了回來。

霍成君要權勢有權勢，要容貌有容貌，長安城內年齡相當、還未婚配的男子哪個不曾想過她？很多門第高貴的公子早就打著霍成君的主意，坐於宴席四周的新貴賢良們也留意著霍成君，不少人心裡幻想著小姐能慧眼識英才、結良緣，從此之後一手佳人，一手前程。

奈何佳人的笑顏只對著一個人，偏偏此人風姿儀態、言談舉止沒有任何缺點，讓見者只能自慚形穢，孟玨很快成了今夜最被痛恨的人。

雲歌幸災樂禍地笑著，「許姐姐，孟石頭現在吃菜肯定味同嚼蠟。」剛說完就覺得自己又說了句廢話，他當然味同嚼蠟了。

「從玉之王換成了石頭？」

「再好的玉也不過是塊石頭。」

許平君決定保持沉默，省得一不小心捅了馬蜂窩。

雲歌的脾氣是平時很溫和，極愛笑，可是一旦生氣，就從淑女變妖女，做出什麼事情都不奇怪。

許平君只是心中納悶，覺得雲歌這氣來得古怪，看她那個表情，與其說在生孟玨的氣，不如說在生她自己的氣，難不成生她自己竟然會在乎孟玨的氣？

這邊有霍光的女兒霍成君，那邊有上官桀的女兒上官蘭，親霍府者自然聲聲順著霍成君，親上官府者也是以上官蘭之意為尊。

而霍成君和上官蘭兩人，姐姐妹妹叫得是聲聲親切，看著是春風滿座，卻是機鋒內蓄。射覆藏鉤、拆白道字、手勢畫謎、詩鐘酒令。遊戲間互相比試著才華，有錦繡之語出口者，自博得滿堂喝彩，一時難以應對、敷衍而過者，坐下時免不了面色懊惱。

會吟詩作賦的以詩賦顯示一把，會彈琴的以琴曲顯風頭，武將們雖沒有箭術比試，但投瓶之戲也讓他們風采獨占。

有意無意間，孟玨成了很多人擠兌的對象，總是希望他能出醜。

孟玨則兵來將擋，水來土掩，見招拆招。

雲歌的左肩膀被人輕拍了下，她向左回頭，卻沒有看到任何人。

「妳們怎麼在這裡？」人語聲驀然從右邊響起，嚇了雲歌一跳，忙向右回頭。

大公子正笑看著她們，身側站著上次送別時見過的紅衣女子，依舊是一身紅衣。

「你怎麼在這裡？」雲歌和許平君一臉驚訝，不答反問。

「長安城現在這麼好玩，怎麼能少了我？」大公子一副理所當然的樣子，一面說著，一面眼光在宴席上的女子間轉悠，色心完全外露。

許平君和雲歌齊聲向紅衣女子道：「姐姐怎麼受得了他？」

紅衣女子笑看了眼大公子，向許平君和雲歌笑著點頭。

女子的笑顏乾淨純粹，一直點頭的樣子很是嬌憨，雲歌和許平君不禁都有了好感，「姐姐叫什麼名字？」

女子笑著指向自己的衣服。

雲歌愣了一下，心中難受起來，「妳說妳叫紅衣？」

女子開心地點頭而笑，朝雲歌做了個手勢，似誇讚她聰明。

許平君也察覺出不對，拍了大公子一下，小聲問：「她不會說話嗎？」

大公子根本沒有回頭，眼睛依舊盯著前面，「嗯，本來會說的，後來被我娘給毒啞了。妳們看不懂她的手勢，就把手遞給她，她會寫字。」

如此輕描淡寫的語氣？和說今天天氣不錯一樣。

雲歌一瞬間怒火沖頭，只想把大公子暴打一頓，想問問他娘究竟是什麼人，竟然不把人當人，忽又想起大公子上次說他爹娘早就死了。

紅衣察覺出雲歌的怒氣，握住了她的手，笑著向她搖頭，在她手掌上寫「妳笑起來很美」，又指指自己，「我很開心」，再指指雲歌，「妳也要開心」。

紅衣的笑顏沒有任何勉強，而是真的從心裡在笑。

世間有些花經霜猶豔，遇雪更清，這樣的女子根本不需要他人的憐憫。

雲歌心中對紅衣的憐惜淡去，反生了幾分敬佩，對紅衣露了笑顏。

宴席上忽然聲浪高起來，雲歌和許平君忙看發生了什麼，原來眾人正在起鬨，要孟玨應下上官蘭的試題。

霍成君幫著推了兩次，沒有推掉，反倒引來上官蘭的嘲笑。

那麼多人的眼睛都看著霍成君，她若再推反是讓自己難堪，只能求救地看向父親。霍光還沒有開口，霍夫人倒搶先表示了贊同，霍光就不再好發表意見。

霍成君知道母親嫌孟玨只是一介布衣，只怕也是想藉此羞辱孟玨，讓孟玨知難而退，不要不自量力。

此時已經再難推脫，她只能惱怒地盯著上官蘭。

霍府的公主別人需謙讓幾分，上官蘭卻絲毫不買霍成君的帳，只笑意盈盈地看著孟玨，一副你不敢也無所謂的樣子。

「上官小姐既然有此雅興，在下豈敢不遵？」孟玨笑著走到宴席中央，長身玉立，神態輕鬆，似乎應下的只是一段風月案，而非刁難計。

大公子笑起來，「幸虧來了，竟然有這麼好玩的事情。走走走，我們找個好的位置看。」

許平君撇撇嘴，一副「你和我都是混過來湊熱鬧的，看你能有什麼辦法」的樣子。

卻見大公子一手銀子，一手金子，見了大孀叫姐姐，見了姐姐叫妹妹，桃花眼亂飛，滿嘴假話，自己是誰誰的遠方侄兒，誰誰的表孫女的未婚夫婿的庶出哥哥，聽得許平君和雲歌目瞪口呆。偏偏他似乎對朝堂內的勢力十分瞭解，假話說得比真話更像真的，硬是讓他買孀關迷粉將，在一個視線很好卻又是末席的地方找到了位置。

紅衣等她們坐定後，第一個動作就是吹熄了周身所有的燈，這下更是只有他們看別人，沒有別人看他們的份。

許平君嘖嘖稱嘆，大公子笑說：「這算什麼？府邸大了，奴才欺主都是常事。舊茶代新茶，主

人喝的是舊茶，奴才喝的倒是新茶。府中菜肴，他嚐的才是最新鮮的，主人吃的都是他挑過的。幾個座位算什麼？有人喜財，有人喜色，有人喜權，只要價錢出得對，出得起，給皇帝下毒都有人敢做。」

大公子的放縱張狂讓許平君再不敢接話，只能當作沒有聽見。

雲歌瞟了眼大公子，淡淡地說：「不是天下間所有人都有一個價錢。」

大公子譏笑著冷哼一聲，沒有說話。

沉默中，幾人都把目光投向了宴席中央，看孟玨如何應對上官蘭的刁難。

有人遞給上官蘭一方絹帕，上官蘭看了眼，未語先笑：「今日霍伯伯宴請的在座賢良，都是飽學之士。小女子斗膽了，孟公子包涵。『有水便是溪，無水也是奚。去掉溪邊水，加鳥便是雞。得志貓兒勝過虎，落坡鳳凰不如雞。』」

大公子吭哧吭哧地笑起來，「小玨也有今天，被人當眾辱罵。」

許平君問：「這個題好答嗎？」

「說難也難，說簡單也簡單。關鍵是對方的文字遊戲中藏了奚落之意，文字是其次，如何回敬對方才是關鍵。」大公子想了瞬，說：「有木便是棋，無木也是其。去掉棋邊木，加欠便是欺。龍遊淺水遭蝦戲，虎落平陽被犬欺。」

雲歌幾分意外，讚賞地看了眼大公子。心中暗想此人好似錦繡內蓄，並非他表面上的一副草包樣子，而且這個對子頗有些志氣未抒、睥睨天下的味道。

大公子未理會雲歌的讚賞，反倒紅衣朝雲歌明媚一笑，以示謝謝。

大公子自覺自己的應對在倉促間也算十分工整，唇邊含了絲笑，心中暗存一分比較，靜等著孟珏的應對。

孟珏好似沒有聽懂上官蘭的奚落，笑著向上官蘭作揖，一派翩翩風姿，「在下不才，只能就景應對，不敬之處，還望小姐海涵。『有木便是橋，無木也是喬。去掉橋邊木，加女便是嬌。滿座儘是相如才，千金難賦玉顏嬌。』」

上官蘭臉上帶著嘲諷的笑意僵住，似惱似喜，霍成君也是一副似喜似惱的表情，原本等著挑錯的各個少年才俊表情尷尬。

霍光、上官桀等本來自顧談話，狀似根本沒有留意小兒女們的胡鬧，聽到孟珏的應對，卻都看向了孟珏。

許平君看不出眾人的此等反應究竟算好，還是算不好，著急地問：「如何？如何？孟大哥對的如何？」

大公子眼光複雜地盯著孟珏，沉默了一瞬，唇邊又浮上不羈，拍膝就想大笑，紅衣一把捂住了他的嘴。

許平君是急性的人，等不及大公子回答，又忙去搖雲歌的胳膊，要雲歌解釋給她。

雲歌冷哼一聲，「活脫脫一個好色登徒子，就會甜言蜜語。」

大公子笑著拽開紅衣的手，先就勢握著紅衣的手親了下，才對許平君說：「小珏以德報怨，誇讚滿座的賢良公子們都有司馬相如的才華，可即使有人學當年的阿嬌皇后肯花費千金求賦，卻也難做一賦來描繪上官蘭的嬌顏。他這一招可比我的罵回去要高明得多，一舉數得。誇讚了刁難他的眾

人，化解部分敵意，尤其是化解了上官蘭的敵意，又表現自己的風度，越發顯得我們小玨一副謙虛君子的大度樣子，還有這雖然是遊戲，可也絕不是遊戲，桑弘羊、上官桀、霍光這三大權臣可都看著呢！」

「難怪上官蘭是又惱又喜，霍成君卻是又喜又惱。」許平君看著二女的表情，不禁低聲笑起來，「好個孟大哥！」

大公子睨著雲歌說：「小玨雖然背對霍成君，可霍成君會是什麼表情，他肯定能想到。」

雲歌裝作沒有聽到大公子的話。

席上尷尬地沉默著。雖然孟玨對上了對子，可他卻盛讚了上官蘭，擁霍府的人不知道這掌是該鼓還是不該鼓，這鼓了算是恭賀孟玨贏了，還是恭賀上官蘭真的是國色天嬌？上官蘭的閨閣姐妹們雖覺得顏面有光，心中暗喜，可畢竟是自己一方輸了，實在算不上好事，自然也是不能出聲。最後是霍光率先拍手讚好，眾人方紛紛跟著鼓掌。

這一場算是上官蘭一方輸。

上官蘭舉杯向孟玨遙遙一禮，仰頭一口飲盡，頗有將門之女的風範，和她一起的閨閣好友紛紛陪飲了一杯。

上官蘭和好友們嘀咕了一會兒，抬頭笑對孟玨說：「孟公子好才思。我和姐妹們的第二道題目是……」

一個僕人端著一個方桌放到離孟玨十步遠的地方，桌上擺著一個食盒，又放了一根長竹竿，一節繩子在孟玨身側。

「……我們的題目就是你站在原地不能動，卻要想辦法吃到桌上的菜。只能動手，雙腳移動一分也算輸。」

宴席間的人都凝神想起來，自問自己，如果是孟珏該如何做，紛紛低聲議論。

會些武功的人說：「拿繩子把食盒套過來。」

性急的人說：「用竹竿挑。」

立即被人駁斥：「竹竿一頭粗，一頭細，細的地方根本不能著力，又那麼長，怎麼挑？」

不會武功的人本想說：「先把繩子結成網，掛於竹竿上，再把食盒兜過來。」可看到竹竿的細、長、軟，又開始搖頭，覺得繩子都掛不住，怎麼能再取食盒？

大公子暗暗思量了瞬，覺得以自己的功夫不管繩子，還是竹竿，他都能輕鬆漂亮的隔空取物，但是卻絕對不能如此做，想來這也是孟珏的唯一選擇，這道題是絕對不能贏的題目，只能守拙示弱。

大公子笑道：「這道題目對文人是十分的難，可對會點功夫的人倒不算難，只是很難贏得漂亮。那個食盒看著光滑無比，不管繩子、竹竿都不好著力，又要隔這麼遠去套食盒，只怕免不了姿態難看，所以這道題其實是查探個人武功的題目，功夫越高的人，贏得越會漂亮。看來上官蘭心情很好，不怎麼在乎輸贏，只想讓小珏出個醜，就打算作罷。」

眾人都凝神看著孟珏，等著看他如何笨拙地贏得這場試題。

雲歌卻是看看霍成君，再瞧瞧上官蘭。大公子隨著雲歌，視線也落在了上官蘭身上。

恰是二八年華，正是荳蔻枝頭開得最豔的花，髻邊的髮飾顯示著身分的不凡，她嬌笑間，珠玉輕顫，灼灼寶光越發映得人明豔不可方物。

大公子唇邊的笑意未變，看向上官蘭的目光中卻含了幾分憐憫，暗自感嘆：「花雖美，可惜流水狠心，風雨無情。」

大公子側頭對雲歌笑說：「小珏看上誰都有可能，只這位上官姑娘是絕對不可能，妳放一百個心。」

雲歌臉頰飛紅，惱瞪了大公子一眼，匆匆收回視線，和眾人一樣，將目光投向孟珏，看他如何「回答」這道題目。

孟珏笑問：「上官小姐的規矩都說完了嗎？在下可以開始嗎？」

上官蘭笑說：「都說完了，孟公子可以開始。」

只見孟珏的眼睛根本掃都沒有掃地上的竹竿和繩子，視線只是落在上官蘭身上。

上官蘭在眾人的眼光環繞中長大，早已經習慣了各色眼光：畏懼、巴結、逢迎、讚賞、思慕、渴望，甚至嫉妒和厭惡。可她看不懂孟珏，只覺得一徑的幽暗漆黑中，似有許多不能流露的言語，隔著重山，籠著大霧，卻直刺人心。

上官蘭的心跳驀然間就亂了，正惶恐自己是否鬧過頭，卻見孟珏已側過頭，微微笑著向霍成君說：「霍小姐，麻煩妳把食盒遞給在下，好嗎？」

霍成君愣了一下，姍姍走到桌前取了食盒，打開食盒，端到孟珏面前。

孟珏笑拿起筷子夾了一口菜，對上官蘭說：「多謝小姐的佳餚。」

全場先轟然驚訝，這樣也可以？再啞然沉默，這樣似乎是可以！

霍成君立在孟珏身側，一臉笑意地看著上官蘭。

上官蘭面色怔怔，卻一句話說不出來，因為自始至終，孟玨的腳半分都沒有動過。

許平君摟著雲歌，趴在雲歌肩頭笑得直不起身子，雲歌終於忍不住抿著嘴笑起來。不一會，全場的人都似乎壓著聲音在笑，連上官桀都笑望著孟玨，只是搖頭。

大公子早已經笑倒在紅衣的懷裡，直讓紅衣給他揉肚子，一副沒心沒肺的樣子，心中卻是幾分凜然。小玨的進退分寸都把握得太好，好得就像所有人都是他的棋子，都聽他的號令，每個人的反應都在他的掌控中。小玨哪裡在乎輸贏，他要的只是上官蘭接下來的舉動，在座的「才俊」們以為小玨為了佳人而應戰，實際小玨的目標只是三個糟老頭子：上官桀、霍光、桑弘羊。引起他們的注意，自然地接近他們。

孟玨笑問上官蘭：「不知道第二題，在下可算過關？小姐還要出第三題嗎？」

上官蘭看著並肩而立的孟玨和霍成君，只覺得霍成君面上的笑意格外刺眼，心中莫名地惱恨，猛然端起酒杯，一仰脖子，一口飲盡，笑意盈盈地說：「我們出題，重視的本就不是輸贏，而是飲酒時增添意趣的一個遊戲。孟公子雖然已經贏了兩道，不過第三題我還是要出的，如果我輸了，我願意吹笛一曲，如果孟公子輸了，懲罰不大，只煩孟公子給我們在座各位都斟杯酒。」

懲罰不大，卻極盡羞辱，視孟玨為僕役。

霍成君盯著上官蘭的眼神已經不是簡單的怒氣。就是原本想看孟玨笑話的霍夫人也面色不快起來，孟玨出身再平常，畢竟是她女兒請來的客人。所謂打狗都要看主人，何況是霍府的客人，還是她女兒的座上賓？

霍光神情未動，依舊和上官桀把酒言歡，似乎絲毫沒有察覺晚輩之間的暗流湧動。上官桀也是

笑意不變，好像一點沒覺得女兒的舉動有什麼不妥。

孟玨笑意不變，灑脫地做了個「請」的姿勢，示意一切聽上官蘭的意思。

上官蘭面上仍在笑，可說話的語速卻明顯慢了下來，「剛才行酒令時，聽到孟公子論曲，說『天地萬物皆有音』。小女子無才不能解，不過孟公子高才，說過的話自然不可能虛假。不可用琴笛簫等樂器，只請孟公子用周身十步之內，所能看得見的物品，向小女子展示一下何為『萬物皆有音』。」

上官蘭掃了眼歌伎蘇依依，蘇依依嫋嫋站起，行到宴席間，對眾人行禮，「為添酒興，妾身獻唱一曲先帝所做的《秋風辭》，和孟公子的曲子。」

有人立即哄然叫好，眾人也忙趕著附和這風流雅事，只一些機敏的人察覺出事情有些不對，低下了頭，專心飲酒吃菜。

桑弘羊捋著鬍子，一臉慈祥地笑看著上官蘭和霍成君，對上官桀讚道：「真是虎父無犬女！」

上官桀深看了眼桑弘羊，心內對這老頭的厭惡越重，哈哈笑著說：「我們這樣的人家，兒女都難免刁蠻些，不過只要懂大體，刁蠻胡鬧一些倒也沒什麼，總有我們這些老頭子替他們兜著。」

霍光淡淡笑道：「上官兄所言極是。」

正在舉行酒宴，孟玨周身除了木桌就是碗碟酒壺筷子，因為地上鋪了地毯，連片草葉都欠奉，勉強還有……盤子裡做熟的菜和肉，應該也算物品。

大公子嘖嘖笑嘆，「這就是女人！能把一句好好的話給你曲解得不成樣子，聖人都能被氣得七竅生煙。小玨倒是好風度，現在還笑得出來。可憐的小玨呀！你可要好好想法子了，《秋風辭》

是死老頭子做的曲子，在這種場合，你若奏錯了，可不是做奴才給眾人斟酒那麼簡單，索性認輸算了，不過……要小玨服侍他們喝酒……」大公子視線掃過宴席上的人，笑著搖頭。

紅衣滿面著急地對大公子連比帶畫，大公子笑著攤攤手，「我沒有辦法想。如果出事了，大不了我們假扮山賊把小玨劫走，直接逃回昌邑。」

大公子完全一副天要砸死孟玨，他也要先看了熱鬧再說的樣子。

許平君不平地問：「太不公平了，明明孟大哥已經贏了，這個上官小姐還要搞出這麼多事情！真沒有辦法嗎？」

雲歌蹙著眉頭嘆了口氣，對大公子說：「把你的金子銀子都拿出來，找個有價錢的奴才去辦事。還有……紅衣，孟石頭可看得懂妳的手語？」

霍成君出身豪門，自小耳濡目染權勢鬥爭，雖日常行事有些刁蠻，可真有事情時，進退取捨頗有乃父之風，察覺事情有異，前後思量後，遙遙和父親交換了個眼色，已經決定代孟玨認輸。

她剛要說話，卻見孟玨正有意無意地看向擠在奴婢群中的一個紅衣丫頭。霍成君幾分奇怪，正要細看，不過眨眼間，紅衣丫頭已消失在人群中。

孟玨笑看向上官蘭：「碗碟筷子酒水都算我可以用的物品嗎？」

上官蘭怕再被孟玨利用了言語的漏洞，仔細地想了一瞬，才帶笑點頭，「不錯，還有桌子和菜你都可以用。」

孟玨笑說：「那我需要一張桌子，一疊空碗，一壺水，一雙銀筷。」

上官蘭面帶困惑，又謹慎地思索了一會，覺得孟玨所要都是他周身的物品，的確沒有任何超出，只能點頭應好。

霍成君向孟玨搖頭，孟玨微微而笑，示意她不必多慮。

不一會，有小廝端著桌子、碗和一雙雕花銀筷上來。上官蘭還特意上前看了一番，都是普通所用，沒有任何異常。

孟玨其實心中也是困惑不定，但依然按照紅衣所說將碗一字排開。

只見一個面容黝黑的小廝拎著水壺，深低著頭，上前往碗裡倒水，從深到淺，依次減少，神情專注，顯然對份量把握得很細微。

孟玨看到小廝，神情微微一震。小廝瞪了他一眼，低著頭迅速退下。

紅衣和許平君都困惑地看著雲歌，不知道她究竟想做什麼，大公子笑嘻嘻地問：「雲大姑娘，怎麼幫人只幫一半？為什麼不索性讓紅衣給孟玨解釋清楚？」

雲歌冷哼一聲，沒有說話。

孟玨想了瞬，忽有所悟，拿起銀筷，依次從碗上敲過，宮、商、角、徵、羽，音色齊全。他心中暗暗將《秋風辭》的曲調過了一遍，笑對蘇依依說：「煩勞姑娘了。」

細碎的樂聲響起，一列長奏後，曲調開始分明。叮咚、叮咚宛如山泉，清脆悅耳。雖然雄厚難及琴，清麗難比笛，悠揚不及簫，可簡單處也別有一番意趣。

蘇依依愣愣不能張口，霍成君笑著領頭朝蘇依依喝起了倒彩，她才醒悟過來，忙匆匆張口而唱：

秋風起兮白雲飛，

草木黃落兮雁南歸。
蘭有秀兮菊有芳，
懷佳人兮不能忘。
泛樓船兮濟汾河，
橫中流兮揚素波。
簫鼓鳴兮發棹歌，
歡樂極兮哀情多。
少壯幾時兮奈老何！

傳聞此曲是劉徹思念早逝的李夫人所作，是劉徹僅有的情詩，酒樓茶坊間傳唱很廣。

許平君聽著曲子，遙想李夫人的傳奇故事，有些唏噓感嘆，李夫人應該是幸福的吧！從歌伎到皇妃，生前極盡帝王寵愛，死後還讓他念念不忘，女人做到這般，應該了無遺憾了。

紅衣聽著曲子，時不時看一眼大公子，彷彿探究他的反應。大公子依舊笑嘻嘻，沒有任何異樣。

一曲完畢，親霍府的人都跟著霍成君極力叫好。

大公子也是鼓掌叫好：「雲歌，妳怎麼想出來的？」

雲歌笑說：「小時候和哥哥鬧著玩的時候想出來的唄！敲破了一堆碗，試過了無數種陶土才掌準了音。正兒八經的琴不願意彈，反倒總喜歡玩些不正經的花樣，三哥可沒有少嘲笑我。」

許平君也笑：「誰叫上官小姐不知道我們這邊坐著一位雅廚呢！廚房裡的事情想難倒雲歌可不

容易。不過孟大哥也真聰明，換成我，即使把碗擺在我面前，我一時也反應不過來。」

以碗水渡曲，上官蘭聞所未聞，見所未見，怎麼都沒有想到，此時面色一時青，一時紅。

霍成君笑問：「蘭姐姐不知道想為我們奏一首什麼曲子？正好蘇姑娘在，二位恰好可以合奏。」

孟珏卻是欠身向上官蘭行了一禮，未說一語，就退回自己的位置，君子之風盡顯無遺。

桑弘羊望著孟珏點了點頭，問霍光：「成君好眼光。這年輕人叫什麼名字？什麼來歷？」上官桀也忙凝神傾聽。

第十章 水中影

本是互不相干的人，雲歌卻不知為何，心中一陣莫名的牽動，想到他深夜臨欄獨站，只覺得他雖擁有一人獨眺風景的威嚴，卻是碧海青天，晚風孤月，怎一個無限清涼！

趁著眾人的注意力都在霍成君和上官蘭身上，孟珏尋了藉口退席而出。

大公子一看孟珏離席，立即牽起紅衣就逃，「小珏肯定怒了，我還是先避避風頭。」

四個人左躲右閃，專撿僻靜的地方鑽，雲歌說：「找個機會索性溜出府吧！」

大公子和紅衣都連連點頭，許平君卻不同意，「妳可是霍夫人請來做菜的廚子，還沒有允許妳告退呢！」

雲歌今晚的心情實在算不上好，冷著臉說：「管她呢！」

大公子笑：「就是，她算個什麼東西？管她呢！跟我來，我們從後面花園的角門溜出去。」

大公子倒是對大司馬府的布局很熟悉，領著三個女子，穿花拂樹，繞假山過拱橋，好像逛自家園子。

越走越僻靜，景色越來越美，顯然已是到了霍府的內宅，這可不同於外面宴請賓客的地方，被人抓住，私闖大將軍大司馬府的罪名不輕，許平君很是緊張害怕，可身旁的三人都一副輕鬆自在的樣子，她也只能默默跟隨，暗暗祈求早點出府。

正行走在一座拱橋上，遠處急匆匆的腳步聲響起，紅衣和大公子的武功最高，最先聽到，忙想找地方迴避，卻因為正在橋上，四周空曠，又是高處，竟然躲無可躲。

耳聽得腳步聲越來越近，連許平君都已聽到，緊張地拽著紅衣袖子，無聲地問：「怎麼辦？怎麼辦？」

雲歌和大公子對視一眼，兩人都是一般的心思，會心點了下頭，一人拽著許平君，一人拽著紅衣，迅速攀著橋欄，輕輕落入湖中，藏到了拱橋下。

剛藏好，就聽到兩個人從橋上經過。只聽霍光的聲音極帶怒氣，「混帳東西！念著你做人機靈，平時你們做的事情，我都睜一隻眼閉一隻眼了，你今日卻一點眼色不長！」

「老爺，奴才該死。奴才真是做夢也沒想到呀……」

「你派人去四處都安排好了，私下和夫人說一聲，再知會少爺。」

「是。不過皇上說除了大人，誰都不許……」

腳步匆匆，不一會人已去遠。

雲歌四人摒著呼吸，一動不敢動，直等到腳步聲澈底消失，才敢大口呼吸。

四個人相視苦笑，雖已是春天，可春水猶寒，四個人半截身子都已泡濕，滋味頗不好受。幸虧可以趕緊逃回家換衣服了。

雲歌牽著許平君，剛想爬上岸，卻又聽到腳步聲，四個人立即又縮回了拱橋下。

一個人大步跑著從橋上經過，好似趕著去傳遞什麼消息。

四人等著腳步聲去遠，立即準備上岸，可剛攀著橋的欄杆，還沒有翻上岸，就又聽到了細碎的人語聲。

這次四人已經很是默契，動作一致，齊刷刷地縮回了橋洞下。

大公子一副無語問蒼天的表情，對著橋頂翻白眼。

紅衣似乎擔心大公子冷，毫不顧忌雲歌和許平君在，伸臂環抱住了大公子，本來很狎昵的動作，可紅衣做來一派天真，只覺真情流露，毫無其他感覺。

原本期盼著腳步聲消失後，他們可以回家換衣服。可不遠不近，恰恰好，腳步聲竟停在了拱橋頂上。

大公子已經連翻白眼的力氣都沒有了，頭無力地垂在紅衣肩頭。

許平君冷得身子打哆嗦，卻又要拚命忍住，雲歌摸出隨身攜帶的薑，遞給許平君，示意她嚼，自己也握著一節薑，靜靜嚼著。

原想著過一會，他們就該離去，可橋上的人好像很有閒情逸致，臨橋賞景，半晌都沒有一句話。

很久後，才聽到霍光恭敬的聲音：「皇上好似很偏愛夜色。聽聞在宮中也常常深夜臨欄獨站、欣賞夜景。」

大公子立即站直了身子，吊兒郎當的神情褪去，罕見地露了幾分鄭重。

雲歌和許平君也是大驚，都停止嚼薑，豎起了耳朵。

只紅衣雖然表情大變，滿臉焦慮，卻只是因為大公子的安危，而非什麼皇帝。

不高不低，不疾不徐，風碎玉裂的聲音，雖近在身旁，卻透出碧水千迴、關山萬重的疏離淡漠：「只是喜歡看星光和月色。朕聽說你在辦宴會，宮裡一時煩悶，就到你這裡散散心，希望沒有驚擾你。」

「臣不敢。」

霍光真是一個極沉得住氣的人，其他人若在皇帝身側，皇帝長時間沒有一句話，只怕就要胡思亂想，揣摩皇上的心思，越想越亂，最後難免自亂陣腳。他卻只沉默地站著，也看向了湖面上的一輪圓月。

雲歌看許平君的身子不停打顫，緊咬著牙關方能不發出聲音，忙輕拽了拽她的衣袖，示意她吃薑。自己卻不禁好奇地看向橋影相接處的一個頎長影子。

霍光應該不敢和他並肩而立，所以靠後而站，湖面因而只有他一個人的倒影。寬大的袍袖想是正隨風輕揚，湖面的影子也是變換不定。

本是互不相干的人，雲歌卻不知為何，心中一陣莫名的牽動，想到他深夜臨欄獨站，只覺得他雖擁有一人獨眺風景的威嚴，卻是碧海青天，晚風孤月，怎一個無限清涼！

「皇上可想去宴席上坐一會？臣已經命人安置好了僻靜的座位，不會有人認出皇上。」

「你都請了誰？」

「上官桀、桑弘羊、杜延年……」

一連串的名字還沒有報完，聽著好像很爽朗的聲音傳來，「霍賢弟，你這做主人的怎麼扔下我們一堆人，跑到這裡來獨自逍遙……啊？皇……皇上，臣不知皇上在此，無禮冒犯……」上官桀面色驚慌，趕著上前跪下請罪。

隨後幾步的桑弘羊，已是七十多歲、鬚髮皆白的老頭，也打算艱難地下跪。

劉弗陵示意身旁的宦官去攙扶起桑弘羊，「都免了。朕穿著便服隨便走走，你們不用拘禮。」

大公子笑著搖頭，霍光老頭現在肯定心內暴怒，他和劉弗陵站在橋上賞風景，上官桀和桑弘羊卻能很快找來，他的府邸的確需要好好整頓一下了。

紅衣做了一個殺頭的姿勢，警告大公子不要發出聲音。

紅衣的動作沒有對大公子起任何作用，反倒嚇得許平君一臉哀愁害怕地看著雲歌。

雲歌苦笑搖頭，這是什麼運氣？橋上站著的可是當今漢朝的皇帝和三大權臣，整個天下的運勢都和他們息息相關。一般人想接近其中任何一人，只怕都難如登天，而他們竟然能如此近距離地接觸這些高不可攀的人，他們究竟算榮幸，還是算倒楣？

橋上四人的對話吸引了大公子的注意，面上雖仍是笑嘻嘻，眼神卻漸漸專注。

劉弗陵是一隻聰明機智的小狐狸，但是稚齡登基，沒有自己的勢力，朝政全旁落在了托孤大臣手中。

桑弘羊是先皇的重臣，行事繼承了漢武帝劉徹的風格，強硬的法家人物代表，是一頭老獅子，雖然雄風不如當年，可朝中威懾仍在。

上官桀是狼，貪婪狠辣，憑軍功封侯，軍中多是他的勢力。先皇親手所設、曾跟隨名將霍嫖姚征討匈奴的羽林營完全掌控在上官家族手中，由驃騎將軍上官安統轄。

霍光是虎，雖年齡小於桑弘羊和上官桀，卻憑藉多年苦心經營，朝廷中門徒眾多，漸有後來居上的趨勢。

霍光和上官桀是兒女親家，一個是當今上官皇后的外祖父，一個是上官皇后的祖父，但兩人的關係卻是似合似疏。

霍光、上官桀、桑弘羊三人如今都是既要彼此照應，防止皇上剷除他們，卻又想各自拉攏皇上，讓皇上更親近信任自己，藉機剷除對方，獨攬朝政。

而皇上最希望的自然是他們三人鬥個同歸於盡，然後感嘆一聲，這麼多年過去，朕終於可以睡個安穩覺了。

真是亂、亂、亂……

大公子越想越好笑，滿臉看戲的表情，似完全忘了橋上四人的風波可是隨時會把他牽扯進去，一個處理不當，絞得粉身碎骨都有可能。

橋上是暗潮洶湧，橋下是一團瑟瑟。

雲歌雙手緊握著薑塊，每咬一口薑，就在心裡罵一聲「臭皇帝」。

真希望哪天她能把這個臭皇帝扔進初春的冰水中泡一泡。聽聞皇宮裡美女最多，不在那邊與美女撫琴論詩、賞花品酒，卻跑到這裡和幾個老頭子吹冷風，害得他們也不能安生。

橋上四人的語聲時有時無，風花雪月中偶爾穿插一句和朝政相關的事情，點到即止，一時半會，顯然還沒有要走的意思。

許平君已經嘴唇烏紫，雲歌看她再撐下去，只怕就要凍出病來，而自己也已是到了極限。

雲歌打手勢問，大家能不能游水逃走。

許平君抱歉地搖頭，表示自己不會游水。

紅衣也搖頭，除非能一口氣在水底潛出很遠，否則暗夜中四個人游泳的聲音太大，肯定會驚動橋上的人。

雲歌只能作罷，想了會，指指自己，指指橋上，又對大公子和紅衣指指許平君，示意自己想辦法引開橋上的人，他和紅衣帶著許平君逃走。

紅衣立即搖頭，指指自己，再指指大公子，示意她去引人，雲歌照顧大公子逃走。

雲歌瞟了眼大公子，她照顧他？紅衣真是強弱不分。雲歌搖搖頭，堅持自己去。

大公子笑著無聲地說：「我們猜拳，誰輸誰去。」一副興致勃勃的樣子。

此人不管何時何地、何人何事對他而言都好像只是一場遊戲。

猜你個頭！雲歌瞪了大公子一眼，低身從橋墩處摸了幾塊石頭。先問大公子哪個方向能逃出府，然後搓了搓手，拿出小時候打水漂的經驗，貼著水面，將石頭反方向用力扔了出去，自己立即深吸口氣，整個人沉入水底，向著遠處潛去。

石塊貼著水面飛出老遠，撲通、撲通、撲通、撲通、撲通在水面連跳了五下才沉入水底。自安靜的夜色中聽來，動靜很大。

于安第一個動作就是擋在皇上面前，和另一個同行的宦官護著皇上迅速走下橋，避開高地，以

免成為明顯的目標，匆匆尋著可以暫且藏身的地方。

霍光大聲呵斥：「什麼人？」

早有隨從高聲叫侍衛去查看，湖面四周剎那間人聲鼎沸，燈火閃耀。

桑弘羊和上官桀愣了一下後，都盯向霍光，目光灼灼。

上官桀忽地面色驚慌，一面高聲叫著「來人、來人」，一面跟隨在劉弗陵身後，一副豁出性命也要保護皇上的架勢。

原本暗夜裡，人影四處晃動中，劉弗陵的行蹤並不明顯，此時卻因為上官桀的叫聲，都知道他的方向有人需要保護。

桑弘羊年紀已大，行動不便，糊裡糊塗間又似乎走錯了方向，抖著聲音也大叫：「來人、來人！」

他的「來人」和上官桀的「來人」讓剛趕來的侍衛糊塗起來，不知道皇上究竟在哪邊，又究竟該先保護哪邊。

劉弗陵和霍光都是眸中光芒一閃而過，若有所思地看著桑弘羊蹣跚的背影。

雲歌東扔一塊石頭，西扔一塊石頭，弄得動靜極大，努力把所有注意力都引到自己身上，侍衛的叫聲此起彼落，從四面八方循著聲音向雲歌追蹤而來，一時間場面很混亂，但越混亂，才越能讓許平君他們安全逃走。

雲歌此時已在湖中央，一覽無餘，又沒有刻意遮掩身形，很快就有護衛發現了她，跳下水追來。

霍光冷著聲吩咐：「一定要捉活的。」

雲歌顧不上想她如果被捉住，後果會是什麼。只知道拚命划水，引著侍衛在湖裡捉迷藏。

湖面漸窄，由開闊變為蜿蜒曲折。

溪水一側是臨空的半壁廊，另一側杏花正開得好。落花點點，秀雅清幽，頗有十里杏花掩茅屋，九曲碧水繞人家的氣象。

湖面漸窄的好處是後面的追兵只能從一個方向接近她，雲歌的戲水技術很高，雖然此時體力難繼，但他們一時也難追上；可壞處卻是岸上的追兵已經有機可乘。幸虧有霍光的「留活口」之命，侍衛有了顧忌，只要雲歌還在水中，他們還奈何不了她。

「皇上，不如立即回宮。」于安進言。

不想劉弗陵不但未聽他的話，反倒隨著刺客逃的方向而去。

上官桀已經察覺出事情不太對，正困惑地皺著眉頭思索。于安還想再說，劉弗陵淡問：「上官桀，你覺得是刺客嗎？」

上官桀謹慎地思考了一瞬，「未有口供前，臣不敢下定言。現在看疑點不少，皇上來司馬府的事情，有幾人知道？」

于安說：「只皇上和奴才，就是隨行的宦官和侍衛也並不知皇上要來霍大人府邸。」

上官桀皺著眉頭，「如此看來這刺客的目標應該不是皇上，那會是誰呢？」眼光輕飄飄地從霍光、桑弘羊面上掃過，又暗盯了皇上一眼。

事情發生在自己府邸，沒有審訊前，霍光一句話不敢說，只沉默地走著。

桑弘羊完全靠人扶著，才能走得動，一面喘著粗氣追皇上，一面斷斷續續地說：「如果……想要逃跑，就應該往東邊逃，那裡湖水和外相通，這個方向，如果……老……臣沒有記錯，是死路。如果……是……是刺客，不可能連府中地形都不熟悉就來行刺。」

霍光感激地看了眼桑弘羊，桑弘羊吹了吹鬍子，沒有理會霍光。

劉弗陵隔著杏花，看向溪水。陣陣落花下、隱隱燈光間，只見一個模糊的身影在水面時起時沉、時左時右，身後一眾年輕力壯的侍衛緊追不捨，那個身影卻若驚鴻、似游龍，分波而行、馭水而戲，只逗得身後眾人狼狽不堪，她卻依然「逍遙法外」。

看到自己府邸侍衛的狼狽樣子，霍光面色有幾分尷尬，「長安城極少有水性這麼好的人，都可以和羽林營教習兵士水中廝殺的教頭一比高低了。」

上官桀面色立變，冷哼一聲剛要說話，劉弗陵淡淡說：「何必多猜？抓住人後問過就知道了。」

眾人忙應了聲「是」，都沉默下來。

溪水越來越窄，頭頂已經完全是架空的廊，雲歌估計水路盡頭要麼是一個引水入庭院的小池

塘，要麼是水在廊下流動成曲折回繞的環狀，看來已無處可逃。

不遠處響起丫頭說話的聲音，似在質問侍衛為何闖入。

雲歌正在琢磨該在何處冒險上岸，不知道這處庭院的布局是什麼樣子，是霍府何人居住，一隻手驀然從長廊上伸下，抓住雲歌的胳膊就要拎她上岸。

雲歌剛想反手擊打那人的頭，卻已看清來人，立即順服地就力翻上了長廊。

冷風一吹，雲歌覺得已經冷到麻木的身子居然還有幾分知覺，連骨髓都覺出了冷，身子如抽去骨頭，直往地上軟去。

孟玨寒著臉抱住雲歌，一旁的侍女立即用帕子擦木板地，拭去雲歌上岸時留下的水漬，另一個侍女低聲說：「孟公子，快點隨奴婢來。」

孟玨俯在雲歌耳邊問：「紅衣呢？」

雲歌牙齒打著顫，從齒縫裡抖出幾個字，「逃……逃了。」

「有沒有人看到大公子？」

「沒。」

孟玨的神色緩和了幾分，「你們一個比一個膽大妄為，把司馬府當什麼？」

看到雲歌的臉煞白，他嘆了口氣，不忍心再說什麼，只拿了帕子替雲歌擦拭。

庭院外傳來說話聲，「成君，開門。」

「爹爹，女兒酒氣有些上頭，已經打算歇息了。宴席結束了嗎？怎麼這麼吵？」

霍光請示地看向劉弗陵，「臣這就命小女出來接駕。」

劉弗陵說，「朕是私服出宮，不想明日鬧得滿朝皆知，你就當朕不在，一切由你處理。」

「成君，有賊子闖入府裡偷東西，有人看見逃向妳這邊。把妳的侍女都召集起來。」霍光猶豫了下，顧及到畢竟是女兒的閨房，遂對兒子霍禹下命：「禹兒，你帶人去逐個房間搜。」

霍成君嬌聲叫起來：「爹爹，不可以！究竟發生了什麼事情？你怎麼……你怎麼可以讓那些臭男人在女兒屋子裡亂翻？」

霍光偏疼成君，面色雖然嚴肅，聲音還是放和緩，「成君，聽話。妳若不喜歡住別人翻過的屋子，爹改日給妳另換一處庭院。」

霍成君似乎很煩惱，重重嘆了口氣，「小青，妳跟在哥哥身邊，看著那些人，不許他們亂翻我的東西。」

雲歌緊張地看著孟玨，孟玨一面替她擦頭髮，一面板著臉訓道：「下次做事前，先想一下後果。」

聽到腳步聲，孟玨忙低聲對雲歌說：「妳叫孟雲歌，是我妹妹。」

雲歌愣了一下，看到挑簾而入的霍成君，心中明白過來。

霍成君的眉頭雖皺著，卻一點不緊張，笑看著他們說：「孟玨，你的妹妹可真夠淘氣，上次殺了我的兩匹汗血寶馬，這次又在大司馬府鬧刺客，下次難不成要跑到皇宮裡去鬧？」

雲歌瞪著孟玨，稱呼已經從孟公子變成孟玨！

霍成君笑說：「見過妳三四次了，卻一直沒有機會問妳叫什麼名字。」

雲歌咬著唇，瞪著孟玨，一聲不吭，孟玨只能替她說：「她姓孟，名雲歌，最愛搗蛋胡鬧。」

霍成君看雲歌凍得面孔慘白，整個人縮在那裡只有一點點大，這樣的人會是刺客？本就愛屋及烏，此時越發憐惜雲歌，雲歌以前在她眼中的無禮討厭之處，現在都成了活潑可愛之處，「別怕，爹爹最疼我，不會有事的。」

整個庭院搜過，都沒有人。

霍光沉思未語，桑弘羊問：「和此處相近的庭院是哪裡？長廊和何處相連？杏花林可都仔細搜過了？剛才追得近的侍衛都叫過來再問問，人究竟是在哪裡失去了蹤影？」

侍衛們一時也說不清，因為岸上岸下都有人，事情又關係重大，誰都不敢把話說死，反倒越問越亂。

霍光剛想下令從杏花林裡重新搜過，上官桀指了指居中的屋子，「那間屋子搜過了嗎？」

霍光面色陰沉，「那是小女的屋子，小女此時就在屋子裡。不知道上官大人是什麼意思？」

上官桀連連道歉，「老夫就是隨口一問，忘記了是成君丫頭的屋子。」

門匡啷一聲，被打得大開。

霍成君隨意裹著一件披風，髮髻顯然是匆匆間剛挽好，人往門側一站，脆生生地說：「桑伯伯，上官伯伯，侄女不知道你們也來了，真是失禮。屋子簡陋，上官伯伯若不嫌棄，請進來坐坐。」說著彎了身子相請。

雲歌和孟珏正貼身藏在門扉後，雲歌透著門縫看出去，看到在上官桀、桑弘羊身後的暗影中，站著一個頎長的身影，周圍重重環繞著人，可他卻給人一種遺世獨立的感覺。黑色的衣袍和夜色融為一體，面容也看不清楚。

原本以為一個剛遇到刺客的人怎麼也應該有些慌亂和緊張，可那抹影子淡定從容，甚至可以說冷漠，靜靜站在那裡，似在看一場別人的戲。

雲歌想到此人是大漢朝的皇上，而她會成為行刺皇上的刺客，這會才終於有了幾分害怕。只要他們進屋，就會立即發現她和孟珏，緊張得手越拽越緊。孟珏握住她的手，輕輕地一根根掰開手指，把她的手握在手中，手掌溫暖有力，雲歌身上的寒意淡去了幾分。

孟珏貼在她耳邊，半是嘲諷半是安慰地輕聲說：「事已至此，有什麼好怕的？不過是兵來將擋，水來土掩。如果被發現了，一切交給我來處理。但是記住了，無論如何，不可以說出大公子和紅衣，否則只是禍上加禍。」

身子緊貼著他的身子，此時他的唇又幾近吻著她的耳朵，雲歌身子一陣酥麻，軟軟地靠在了孟玨懷中，心中卻越發堵著一口氣，輕抬腳，安靜卻用力地踩到孟玨腳上：「誰需要你的虛情假意？」

孟玨倒抽了一口冷氣，身子卻一動不敢動，「妳瘋了？」

雲歌沒有停止，反倒更加了把力氣在他腳面上狠碾一下，一副毫不理會外面是何等情形的樣子。

雲歌雖出身不凡，卻極少有小姐脾氣。孟玨第一次碰到如此蠻橫胡鬧、不講道理的雲歌，何況還是在這等危險的情境下，一時不解，待轉過味來，心中猛地一蕩，臉上仍清清淡淡，眼中卻慢慢漾出了笑意，腳上的疼倒有些甘之如飴，懷內幽香陣陣，不自禁地就側首在雲歌的臉頰上親了下。

雲歌身子一顫，腳上的力道頓時鬆了。孟玨也是神思恍惚，只覺得無端端地喜悅，像小時候得到父親的誇讚，穿到母親給做的新衣，聽到弟弟滿是崇拜驕傲地和別人說：「我哥哥……」那麼容易，那麼簡單，卻又那麼純粹的滿足和快樂，感覺太過陌生，恍惚中他竟有些不辨身在何處，忽聽到屋外上官桀的聲音，如午夜驚雷，震散了一場美夢，恍惚立褪，眼內登時一片清明。

屋子分為內外兩進，紗簾相隔。

原來垂落的紗簾，此時因為大開的門，被風一吹，嘩啦啦揚起，隱約間也是一覽無餘。鏡臺、妝盒、繡床還有沒來得及收起的女子衣服，一派女兒閨房景象。

上官桀老臉一紅，笑著說：「不用了，不用了，老夫糊塗，不知道是成君丫頭的閨房。成君，

妳若不舒服就趕緊去歇息吧！」

霍光似笑非笑地說：「上官大人還是進去仔細搜搜，省得誤會小女窩藏賊人。」

上官桀尷尬地笑著，桑弘羊捋著鬍鬚，笑咪咪地靜看著好戲。

劉弗陵淡淡說：「既然此處肯定沒有，別處也不用看了。擾攘這麼長時間，賊人恐怕早就趁亂溜走了。」

未等眾人回應，劉弗陵已經轉身離去。

霍光、桑弘羊、上官桀忙緊跟上去送駕。

霍光恭聲說：「皇上，臣一定會將今日事情查個水落石出。」

劉弗陵未置可否，「你不用遠送了。動靜鬧得不小，應該已經驚擾了前面宴席的賓客，你回去待客吧！」

霍成君立在門口，看到眾人去遠了，才發覺自己已經是一身冷汗，腿肚子都在抖。她吩咐丫頭們鎖好院門，都各自去休息。

霍成君進屋後，看到雲歌頭埋在胸前，臉漲得通紅，不解地看向孟玨。

孟玨淡淡而笑，一派悠然，對霍成君說：「她沒有經歷過這些事情，被嚇著了，嚇嚇也好，省得以後還敢在太歲頭上動土。」

霍成君笑睨著孟玨，「別說是她，我都被嚇得不輕。上官伯伯不見得會進來看，你卻非要我冒這麼大險。今日的事，你怎麼謝我？」

孟玨笑著行禮：「大恩難言謝，只能日後圖報了。現在司馬府各處都肯定把守嚴密，麻煩妳給雲歌找套相同的乾淨衣服讓她換上，我們趕緊溜到前面賓客中，大大方方地告辭離府。」

霍成君聽到「大恩難言謝，只能日後圖報」，雙頰暈紅，不敢再看孟珏，忙轉身去給雲歌尋合適的衣服。

雲歌身體一會冷，一會熱，面上還要裝得若無其事，笑著去找帶來的三個廚子，又去和管事的人請退。

等走出霍府，強撐著走了一段路，看見孟珏正立在馬車外等她，她吊著的一口氣立鬆，眼睛還瞪著孟珏，人卻無聲無息地就栽到了地上。

雲歌醒轉時，已是第二日。守在榻邊的許平君和紅衣都是眼睛紅紅。

許平君一看她睜開眼睛，立即開罵：「死丫頭，妳逞什麼能？自己身子帶紅，還敢在冷水裡泡那麼久？日後落下病根可別埋怨我們。」

紅衣忙朝許平君擺手，又頻頻向雲歌作謝。

許平君還想罵，孟珏端著藥進來，許平君忙站起退了出去，「妳先吃藥吧！」

紅衣縮在許平君身後，巴望著孟珏沒有看到她，想偷偷溜出去。

「紅衣，妳去告訴他，如果他還不離開長安，反正都是死，我不如自己找人殺了他，免得他被人發現了，還連累別人。」

紅衣眼淚在眼眶裡轉悠，一副全是她的錯，想求情又不敢求的樣子。

孟玨一見她的眼淚，原本責備的話都只能吞回去，放柔了聲音說：「我是被那個魔王給氣糊塗了，一時的氣話。妳去看好他，不要再讓他亂跑了。」

紅衣立即笑起來，一連串地點著頭，開心地跑出屋子。

孟玨望著紅衣的背影，輕嘆了口氣，轉身坐到雲歌身側，手搭到她的手腕就要診脈，雲歌臉紅起來，「你還懂醫術？」他既然懂醫術，那自然知道自己為什麼暈倒了。

孟玨想起義父，眼內透出暖意，「義父是個極其博學的人，可惜我心思不在這些上，所學不過他的十之三四。這幾日妳都要好好靜養了，不許碰冷水、冷菜，涼性的東西也都要戒口，梨、綠豆、冬瓜、金銀花茶這些都不能吃。」

雲歌紅著臉點頭，孟玨扶她起來，餵她藥喝。雲歌低垂著眼睛，連一眼都不敢看他。

「雲歌，下次如果不舒服，及早和我說，不要自己強撐，要落下什麼病根，可是一輩子的事情。」

雲歌的頭低得不能再低，嘴裡含含糊糊地應了。

孟玨餵雲歌吃過了藥，笑道：「今日可是真乖，和昨日夜裡判若兩人。」

雲歌聞言，嬌羞中湧出了怒氣，瞪著孟玨，「我就叫雲歌，你以後要再敢隨便給我改名字，要你好看！」

孟玨只看著雲歌微微而笑。

劉病已在窗外看到屋內的兩人，本來想進屋的步子頓住，靜靜看了孟玨片刻，再想想自己，嘴邊泛起一抹自嘲的笑，轉身就走。

可走了幾步，他忽又停住，想了想，復轉身回去，挑起簾子，倚在門口，懶洋洋地笑著說：「雲歌，下次要再當刺客，記得找個暖和的天氣，別人沒刺著，反倒自己落了一身病。」

雲歌不自覺地身子往後縮了縮，遠離了孟玨，笑嚷：「大哥，你看我可像刺客？」

孟玨淡淡笑著，垂眸拂去袖上的灰塵。

許平君正和紅衣、大公子在說話，眼睛卻一直留意著那邊屋子，此時心中一澀，再也笑不出來，怔怔站了會，眼神由迷惘轉為堅定，側頭對紅衣和大公子燦然一笑，轉身匆匆離去，「我去買些時鮮的蔬菜，今天晚上該好好慶祝我們『劫後餘生』。」

紅衣不解地看著許平君的背影，怎麼說走就走？買菜也不必如此著急呀！

大公子坐在門檻上，蹺著二郎腿，望著那邊屋子只是笑。

第十一章 往昔夢

她一直以為他也和她一樣，會偏愛星空。
可言猶在耳，卻已經人事全非。
原來這麼多年，一切都只不過是她一個人的鏡花水月……

鹽鐵會議雖有一個桑弘羊積極參與，卻是一個巴掌拍不響。因為霍光和上官桀的老謀深算，會議未能起到劉弗陵預期的作用：將矛盾激化。

但之後霍光宴請賢良、劉弗陵夜臨霍府，還有一個莫名其妙的刺客事件，卻讓三大權臣之間的猜忌陡然浮出了水面。

霍光一直積極推舉重用親近霍氏的人，而對上官桀和桑弘羊任用何人的要求常常駁回，在朝廷權力的角逐上，漸漸有壓倒上官桀的趨勢。

自漢武帝在位時，上官桀的官職就高於霍光，當今皇后又是他的孫女，上官桀一直覺得自己才應該是最有權力的人。

幼帝剛登基時，在燕王和廣陵王的暗中支持下，包括丞相在內的三公九卿都質疑過先帝為何會選擇四個並沒有實權的人托孤，為了保住權力，也是保住他們的性命，上官桀和霍光心照不宣地聯手對付著朝廷內所有對他們有異議的人，兩人還結為了兒女親家。

一直以來，霍光表面上都對上官桀很敬重，事事都會和上官桀有商有量，甚至請上官桀代做決定，但隨著敵人的一個個倒下，小皇帝的一天天長大，形勢漸漸起了變化。

也許從選誰做皇后開始就埋下了矛盾。

其實，上官桀的小女兒上官蘭、霍光的女兒霍成君才和劉弗陵的年齡匹配。可當上官桀想送上官蘭進宮時，受到暗中勢力的激烈阻止。迫不得已他只能選擇讓孫女上官小妹進宮，霍光又以小妹年齡太小，和皇上不配來阻止。

但那時候的霍光還不能完全和上官桀相鬥，桑弘羊又對后位虎視眈眈，也擬定了人選進呈公主。

實際原因呢？即使小妹是霍光的外孫女，可小妹的姓氏是上官，而非霍。

鷸蚌相爭，漁翁得利！

小妹畢竟流著霍家的血，兩相權衡後，霍光最終妥協，和上官桀聯手打壓桑弘羊，把小妹送進宮做了皇后。上官桀和霍光在小妹封后的當日也都各自加官進爵。

表面上，上官氏和霍氏同享著盛極的榮耀，矛盾卻在權力的陰影中生根發芽、茁壯成長。或者矛盾本就存在，只是以前遮掩得太好。

上官桀曾為鉤弋夫人入宮得寵立過大功，上官氏和鉤弋夫人一直關係甚好，因此皇帝幼時和上

官桀更親近，年紀漸長，卻和霍光越走越近。

皇上能輕車簡從地駕臨霍府，可見對霍光的信任。皇上的意圖已經很明顯，日後會重用的是霍光和賢良派，而非上官氏和士族。

上官桀心中應該已很明白，走到今日，上官氏和霍氏絕不可能再分享權力。不是東風壓倒西風，就是西風壓倒東風。

而雲歌、大公子四個人誤打誤撞弄出的「刺客事件」，只會讓矛盾更深。

霍光定會懷疑是其他二人暗中陷害他，目的當然不是行刺皇上，而是讓皇上懷疑他。

狡詐多疑的上官桀卻一定會想為什麼此事發生在霍府？不早不晚，發生在他到之後？甚至懷疑是衝著他而去，說不定給他暗傳消息的霍府家奴根本就是霍光給他設置的套。

桑弘羊這個老兒倒是有些古怪，那晚似乎不惜暴露自己，也要維護皇上安全。

大公子因為知道刺客的真相，所以倒對他生了幾分敬重，此人雖是權臣，卻絕非佞臣。但對於不知道刺客真相的人，卻難免懷疑他膽子如此大，難道因為刺客和他有關？他藉機表忠心？

雖然盼的是虎狼鬥，但只怕虎趕走了狼，或者狼趕走了虎，獨坐山頭。

如果非要選擇一方，小珏肯定希望贏的是霍光。

皇上呢？皇上對霍光的親近有幾分真？或一切都只是為了激化上官桀和霍光矛盾的手段？甚至

皇上看似臨時起意的夜臨霍府，只怕也是刻意為之。

堂堂天子，卻輕車簡從，深夜駕臨臣子府邸，難道不是顯露了對臣子的極度信任和親近？和臣子對月談笑，指點江山，更是聖君良臣的佳話！上官桀面對這等局面，會不採取行動？

可霍光真會相信皇上對他的親近和信任嗎？

桑弘羊又到底存了什麼心思？

真是頭疼！

不想了！大公子翻了身子，闔上雙目。

紅衣看他睡著了，輕輕放下帳子，出了屋子。

雲歌的身體底子很好，孟珏的醫術又非同凡響，再加上許平君和紅衣的照顧，她好得很快，可難得有機會偷懶，索性以病為藉口給自己放大假休息。常叔再愛財，也不能逼病人給他賺錢。

雲歌從一個舒服的午覺睡醒，滿庭幽靜，只有溫暖的陽光透過窗格子曬進來，頑皮地在簾子上畫出一格格方影。

紅衣正在院中的槐樹下打繩穗，大公子卻不見人影。

雲歌走到紅衣身旁坐下，「大公子呢？」

紅衣指指屋子，做了個睡覺的姿勢，朝雲歌抿嘴一笑，又低下頭專心幹活。

紅衣的手極巧，雲歌只看她的手指飛舞，青黑色的絲線就編織成了一朵朵葉穗。雲歌想起大公子身上戴著的一個墨玉合歡珮，看紅衣編織的顏色和花樣，正好與其配合，「紅衣，妳的手真巧，女紅針線我是一點都不會做。」

紅衣拿了根樹枝，在地上寫：「妳想要什麼？我編給妳。」

雲歌撿了截樹枝，想了想，大概畫了個形狀，「我曾見過人家戴這個，覺得很好看，這個難編嗎？」

紅衣笑瞅著雲歌，點點頭，又搖搖頭，指了指雲歌的心，寫下三個字，「同心結」。

雲歌未明白紅衣究竟是說難編，還是不難編，但她的心思也不在這上面，遂沒有再問。

紅衣挑了一段紅絲線，繞到雲歌手上，示意雲歌自己編。

雲歌並沒有想學，但看紅衣興致勃勃，不好拒絕，只能跟著她做起來，「紅衣，我想……問妳一件事情。」

紅衣笑著點點頭，示意她問。雲歌猶豫了下：「妳和孟玨熟悉嗎？」

紅衣看著雲歌手中的同心結，以為她的同心結是編給孟玨，一臉欣喜地朝雲歌豎了豎拇指，誇讚她好眼光。

雲歌卻以為紅衣讚她編得好，笑道：「過獎了！哪裡有妳的好，妳的才又漂亮又實用。」

紅衣霞上雙頰，又羞又急，匆匆伸手比了一個十二三歲孩子的高度，表示她在那麼高時，就認識孟玨了，她很瞭解孟玨，孟玨很好。

「原來妳少時就認識他了。那……紅衣……妳知道不知道孟玨……孟玨他吃菜根本吃不出味道？」

鹹酸甜苦辣，孟珏竟是一種都嚐不出來。雲歌以前只在書上看到過有不辨百味的人，當時就想，這樣的人吃什麼都如同嚼蠟，人生還有什麼樂趣？卻沒有料到，自己有一日會碰到這樣的人。

紅衣不解地看著雲歌，雲歌立即笑說：「沒什麼，我隨口胡說。為什麼這個要叫同心結？」

「紅衣，我想喝不冷也不熱的茶。」不知何時立在門口的大公子對紅衣吩咐。

紅衣立即站起，對雲歌抱歉地一笑，匆匆跑去廚房。

雲歌看著大公子，「你知道？」

大公子仍然帶著一分似笑未笑的笑意，「妳發覺多久了？」

「不久，試過幾次後，最近才剛剛確認。」

「他對這件事情諱莫如深，妳最好當作不知道。我認識他時，他已經是這樣了。具體因由，我也不十分清楚。好像他在幼年時，目睹了娘親慘死，大概受了刺激，就落下病根，舌頭不辨百味。」

「慘死？」雲歌滿心震驚。

大公子笑瞅著雲歌：「雲丫頭，妳打算嫁給孟珏嗎？」

雲歌氣瞪著他，「你胡說八道什麼？別忘了，你現在住在我家裡，得罪了我，趕你出門。」

「妳不打算嫁給孟珏，打聽人家這麼多事情幹麼？他的事情，我只是半清楚，半不清楚，妳若想知道，直接去問他。不過……」大公子就著紅衣的手喝了口茶，牽著紅衣出了院子，「不過我的建議是什麼都不要問。每個人都有些事情只想忘記，只想深埋，何必非要把那些陳芝麻爛穀子的事

情都扒出來呢？」

大公子把她想成了什麼人？雲歌對著大公子的背影揮了下拳頭。她不過是想知道孟珏沒有味覺的原因，看是否有可能治好，她實在無法想像一個人過著吃什麼都沒有味道的生活。

繼而她又無力地重重嘆了口氣，為什麼他們都有想忘記、想深埋的事情？

劉病已如此，孟珏也如此。

她曾很多次想問一下劉病已過去的事情，想問問他這些年是怎麼過的？也想試探一下他還記得幾分當年西域的事情，卻感覺出劉病已一點都不想回顧過去，甚至十分避諱他人問，所以一句不敢多說，難道以後對孟珏也要如此？

雲歌心情低落，無意識地像小時候一樣，爬到了樹上坐著發呆。

看到一個身形像劉病已的人從院外經過，雲歌揉了揉眼睛看第二眼。看完第二眼，第三眼，眼睛一揉再揉後，她終於確定那個身桿筆直，走路端正，神情嚴肅認真的人的確是大哥。

吊兒郎當，漫不經心，懶洋洋的像剛爬起床的笑，慵懶的像隨時隨地可以倒下睡的步履，這些都不見了！

走在大哥前面的人是誰？竟然能讓大哥變了個人？

雲歌躡著手腳悄悄翻進了劉病已的院子，卻不料看到的是那個人神情恭敬地請劉病已坐。

劉病已推了幾次，沒有推掉，只能執晚輩之禮坐下，老者卻好像不敢接受，立即避開，等劉病已坐好後才坐到了下首位置。

張賀沉默地打量著屋子，眼睛慢慢潮濕。家徒四壁，屋子中唯一的一點暖意就是桌上陶土瓶子中插著的一簇野花。

張賀按下心酸，笑著說：「收拾得很乾淨，不像是你自己做的。是誰家姑娘幫的忙？」

劉病已回道：「許家妹子偶爾過來照應一下。」

「許廣漢的丫頭？」

「嗯。」

「病已，你也到成家的年齡了，可有中意的人？家裡一定要有個女人才能像個家。」

劉病已怔了一下，低下了頭。

張賀等了半晌，劉病已仍不說話，「病已，如果你沒有中意的人，我倒是有門親事想說給你。」

劉病已抬頭道：「張伯伯，我這樣的身分娶誰是害誰。再說，誰家能看上我這家徒四壁的人？我現在過得很好，一人吃飽，全家不愁，不想考慮這些事情……」

劉病已話沒說完，張賀已經大怒地站起來，氣指著劉病已：「你說的是什麼混帳話？你爺爺、你爹爹、你叔叔們費盡心機，那麼多人捨掉性命保住你這唯一的血脈，就是讓你給他們絕後的嗎？你看看你現在的樣子！你對得起誰？你讓他們在地下怎麼心安？多少條人命呀！你……你……」說到後來，老淚縱橫，話不成語。

劉病已沉默地坐著，身軀僵硬，眼中滿是沉痛。

張賀突然向劉病已彎身跪下，「咚咚」地開始磕頭。劉病已驚亂下，一個翻身跪倒也朝張賀磕頭，絲毫不願受張賀的大禮。

張賀哭著說：「你若還念著你爺爺和爹娘，就聽我幾句勸，如果你實在聽不進去，我也不敢多嘮叨。我只是忘不掉那些血淋淋的人命，多少人為了保住你的性命，家破人亡、甚至全族盡滅，就是為了留一點血脈，指望著你能開枝散葉……」

劉病已雙手深深地掐入了地下，卻還不自知，看似木然的眼中有著深入骨髓的無可奈何。望著張賀已經泛紅的額頭，他扶住了張賀，漠然卻堅定地說：「張伯伯，你起來說話，我的命是你們給的，病已永不敢忘，伯伯的安排，病已一定遵從。」

「好，那就說定了！這件事情交給我來安排，你就安心等我的好消息。我今年內一定要喝到你的喜酒。」張賀行事果決剛毅，雷厲風行，頗有豪客之風，悲傷還未去，語聲卻鏗鏘有力，正事說完，一句廢話都沒有地出門離去。

張賀和劉病已的對話，有時候刻意壓低了聲音，有時候夾著哭音，雲歌並沒有聽真切，但模糊中捕捉到的幾句話，已經讓她明白他們在說大哥的親事。

雲歌縮在牆角默默發呆，連張賀何時離去都沒有察覺，千頭百緒，只覺心內難言的滋味。

劉病已在屋子內也是沉默地坐著，很久後，忽地叫道：「雲歌，還在外面嗎？」

雲歌揉著發麻的腿，一瘸一拐地走出來，強笑著問：「大哥，你知道我偷聽？」

劉病已的語聲第一次毫不掩飾地透出難以背負的疲憊和憂傷，「雲歌，去取些酒來。我現在只想大醉一場，什麼都不想再想，什麼都想忘記。」

忘記？流在身上的血時刻提醒著他，他怎麼忘得了？

借酒澆愁，愁更愁！

醉了的劉病已，杯子都已經拿不穩，卻仍是一杯又一杯。

雲歌陪著他喝了不少，也有七分醉意，拽著劉病已的胳膊問：「大哥，大哥……陵哥哥，陵哥哥，我是雲歌，我是雲歌呀！你有沒有想起一點我？我從來沒有忘記許諾，我不是小豬，你才是小豬！」

劉病已趴在桌上，笑著去揉雲歌的頭，卻是看見兩個雲歌在晃悠，手搖搖晃晃地落在了雲歌臉上，「雲歌，我記得，妳叫雲歌……我不想記得，我想都忘了，忘記我姓劉，忘記那些鮮紅的血……人命……雲歌，我不想記得……」

「陵哥哥，我送你的繡鞋呢？你記得嗎？你還問我知不知道送繡鞋的意思，我當時不知道，後來就知道了。你叮囑我不要忘記，我沒有忘記，我一直記著的，我們之間有約定……」

兩個人一問一答，自說自話，各懷心事，一會兒笑，一會兒悲。

孟珏在雲歌屋中沒有找到她，從牆頭落入劉病已院中時，看到的就是雲歌小臉通紅，依在劉病已肩頭，正閉著眼睛絮絮唸叨：「我的珍珠繡鞋呢？你弄丟了嗎？」

孟珏眼內黑沉沉的風暴捲動著，欲絞碎一切。他進屋把雲歌從劉病已懷裡抱了出來。

劉病已想伸手拽雲歌，「雲歌……」卻是身子晃了晃，重重摔在地上，他努力想站起來，卻只能如受傷絕望的蟲子一般，在地上掙扎。

孟珏毫無攙扶相幫的意思，厭惡冷漠地看了劉病已一眼，如看死人，轉身就走。

「那麼多人命……那麼多人命……血淋淋的人命……」

孟珏聞聲，步履剎那僵住，全身的血液都像在仇恨中沸騰，卻又好似結成了悲傷的寒冰，把他的身子一寸寸地凍在門口。

劉病已驀然捶著地大笑起來：「……血淋淋……你們問過我嗎？問過我究竟想不想活？究竟要不要你們犧牲？背負著成百條人命地活著是什麼滋味？一個人孤零零地活著是什麼滋味？什麼事都不能對人言是什麼滋味？沒有一點希望地活著是什麼滋味……不能做任何事情，連像普通人一樣生活都是奢望。我的命就是來受罪和接受懲罰的，怎能容我像普通百姓一樣生活？連選擇死亡的資格都沒有……因為必須要活著……因為我欠了那麼多條人命……即使一事無成，什麼都不能做，像狗一樣……也要活著……如果當日就死了，至少有父母姐妹相伴，不會有幼時的辱罵毒打，不會有朝不保夕的逃亡……也不會有如今的煎熬……」

孟珏的眼前閃過了永不願再想起，卻也絕不能忘記的一切，那些為了活下去而苦苦掙扎的日子。餓極時，為了活著，他從狗嘴裡搶過食物，被狗主人發現後的譏笑唾罵。

和野狗搶奪過死人，只是為了死人身上的衣服。

母親斷氣後，眼睛依舊大大地睜著。酷刑中，母親的骨頭被一寸寸敲碎，食指卻固執地指著西方。死不能瞑目的她，以為年少時離開的家鄉能給兒子棲身之地，卻怎麼知道她的兒子在那個地方有另外一個名字，叫「雜種」。

除夕晚上，家家都深鎖門，圍爐而坐，賞著瑞雪，歡慶著新的一年，憧憬著來年的豐收，他卻躺在雪地裡，木然地看著滿天飛雪飄下，遠處一隻被獵人打瞎一隻眼睛的老狼正徘徊估量著彼此的力量。他已經沒有力氣再掙扎。太累了，就這樣睡去吧！娘親、弟弟都在另一個世界等著他……

弟弟的哭泣聲傳來：「爹爹，我的名字不叫劉詢，我不要做衛皇孫，我是你的華兒……大哥，救我，大哥，救我……」都說虎毒不食子，可他親眼看到父親為了不讓弟弟說話洩漏身分，把弟弟刺啞，那個三歲的小人兒，被人抱著離開時，似乎已經明白他心目中最聰明的哥哥這次也救不了他，不再哭泣，沒有眼淚，只一直望著他，眼內是無限的眷念不捨。弟弟還努力擠出一個微弱的笑，嘴一開一合，卻沒有一點聲音，可他聽懂了，「哥哥，不哭！我不疼。」

他在哭嗎？他的視線模糊，他想擦去眼淚，努力看清楚弟弟，可雙手被縛……

仇恨絕望會逼得人去死，卻也會逼得人不惜一切活下去。

那隻半瞎的老狼想咬斷他的咽喉，用他的血肉使自己活到來年春天，可最終卻死在了他的牙下。當人心充滿仇恨和絕望時，人和野獸是沒有區別的，唯一的不同就是人更聰明，更有耐心，所以狼死，他活。

劉病已臉貼著地面，昏醉了過去，手仍緊緊地握成拳頭，像是不甘命運，欲擊打而出，但連出拳的目標都找不著，只能軟軟垂落。

屋內的燈芯因為長時間沒有人挑，光芒逐漸微弱。昏暗的燈光映著地上一身污漬的人，映著屋外丰姿玉立的人。時間好像靜止，卻又毫不留情地任由黑暗席捲，「嗶剝」一聲，油燈完全熄滅。

孟玨仍一動不動地站著，直到雲歌嘟囔了一聲，他才驚醒。雲歌似有些畏冷，無意識地往他懷裡鑽，他將雲歌抱得更緊了些，迎著冷風，步履堅定地步入了黑暗。

孟玨抱著雲歌到許平君家踢了踢門，許母開門後看到門外男子抱著女子的狎昵樣子，驚得扯著嗓子就叫，正在後屋餵蠶的許平君立即跑出來。

孟玨盯了許母一眼，雖是笑著，可潑悍的許母只覺如三伏天兜頭一盆子冰水，全身一個哆嗦，從頭寒到腳，張著嘴什麼聲音都發不出來。

「平君，病已喝醉了，有空過去照顧下他。」

孟玨說完，立即抱著雲歌揚長而去。

「孟大哥，你帶雲歌去哪裡？」

孟玨好像完全沒有聽見許平君的問話，身影快速地消失在夜色中。

第二日，雲歌醒來時，怎麼都想不明白，自己明明是和劉病已喝酒，怎麼就喝到了孟玨處？她躺在榻上，努力地想了又想，模模糊糊地記起一些事情，卻又覺得肯定是做夢。在夢中似乎和劉病已相認了，看到了小時候的珍珠繡鞋，甚至握在了手裡，還有無數個記得嗎？記得嗎？似乎是她問一個人，又似乎是一個人在問她。

「還不起來嗎？」孟玨坐在榻邊問。

雲歌往被子裡面縮了縮，「喂！玉之王，你是男的，我是女的，我們男女有別！我還在睡覺，你坐在我旁邊不妥當吧？」

孟玨笑意淡淡，「妳以為昨天晚上是誰抱著妳過來？是誰給妳脫的鞋襪和衣裙？是誰把妳安置在榻上？」

雲歌沉默了一瞬，兩瞬，三瞬後，從不能相信到終於接受了殘酷的現實，扯著嗓子驚叫起來，「啊——」拽起枕頭就朝孟玨扔過去，「你個偽君子！所有人都被你騙了，什麼謙謙君子？」

孟玨輕鬆地接住枕頭，淡淡又冷冷地看著雲歌。

雲歌低頭一看自己，只穿著中衣，立即又縮回被子中，「偽君子！偽君子！以前那些事情，看在你是為了救我，我就不和你計較了，這次你又……你又……嗚嗚嗚……」雲歌拿被子捂住了頭，琢磨著自己究竟吃了多大的虧，又怎麼才能挽回。

孟玨的聲音，隔著被子聽來，有些模糊，「這次是讓妳記住不要隨便和男人喝酒，下次再喝醉，會發生什麼我就不知道了。」

雲歌蒙著頭，一聲不吭，想起醉酒的原因，只覺疲憊。

很久後，孟玨嘆了口氣，俯下身子說：「別生氣了，都是嚇唬妳的，是命丫鬟服侍妳的。」

隔著不厚的被子，雲歌覺得孟玨的唇似乎就在自己的臉頰附近，臉燒起來。

孟玨掰開雲歌緊拽著被子的手，輕握到了手裡，像捧著夢中的珍寶，「雲歌，雲歌……」

一疊疊，若有若無、細碎到近乎呢喃的聲音。

似拒絕，似接受。

似痛苦，似歡喜。

似提醒，似忘卻。

卻有一種蕩氣迴腸的魔力。

雲歌不知道孟玨究竟想說什麼，只知道自己心的一角在融化。

雲歌心中慢慢堅定，不是早已經有了決定嗎？事情臨頭，卻怎麼又亂了心思？對大哥要成家的事情最難過的肯定不是自己，而是許姐姐。

雲歌找到許平君時，許平君正和紅衣一起在屋中做女紅。

「許姐姐。」雲歌朝紅衣笑了笑，顧不上多解釋，拽著許平君的衣袖就往外走，看四周無人，「許姐姐，大哥要成家了，昨天一個伯伯來找大哥說了好一會話，說是要給大哥說親事。這事我已經仔細想過了，如果有孟玨幫忙，也許……」

雲歌一臉迫切，許平君卻一聲不吭，雲歌不禁問：「姐姐，妳……妳不著急嗎？」

許平君不敢看雲歌，眼睛望著別處說：「我已經知道了。妳說的伯伯是張伯伯，是我爹以前的上司，昨天晚上他請了我爹去喝酒，爹喝得大醉，很晚才回來，今日清醒後，才糊裡糊塗地和我娘說，他似乎答應了張伯伯一門親事。」

雲歌輕輕啊了一聲，怔怔站了一會，抱著許平君跳起來，笑著說：「姐姐，姐姐，妳應該開心呀！我昨天親耳聽到大哥說一切都聽張伯伯做主，像對父親一樣呢！父母命、媒妁言，都有了！」

許平君看到雲歌的樣子，輕揉了揉雲歌的頭，笑了起來，三分羞三分喜三分愁，「我娘還不見得答應，妳知道我娘了，她現在一門心思覺得我要嫁貴人，哪裡看得上病已？」

雲歌嘻嘻笑著：「不怕，不怕，妳不是說張伯伯是妳爹以前的上司嗎？張伯伯現在還在做官吧？妳爹既然已經答應了張伯伯，那一切都肯定反悔不了，妳娘不樂意也不行。實在不行，請張伯伯那邊多卜些聘禮，我現在沒錢，但可以先和孟玨借一點，給妳下了聘再說，妳娘見了錢，估計也就不會嘮叨了。」

許平君笑點了點雲歌的額頭，「就妳鬼主意多。」

劉病已剛見過張賀，知道一切已定。回憶起和許平君少時相識，到今日的種種，心內滋味難述。平君容貌出眾，人又能幹，平君嫁他，其實是他高攀了，可是縱然舉案齊眉，到底……

劉病已暗嘲，他有什麼資格可是呢？

許平君看見劉病已進來，立即低下了頭，臉頰暈紅，扭身要走。

劉病已攔住了她，臉上也有幾分尷尬，想說什麼卻說不出來的樣子，許平君的頭越發垂得低。

雲歌看到二人的模樣，沉默地就要離去。

「雲歌，等等。」劉病已看了眼許平君，從懷裡摸出一個小布包，打開後，是一對鐲子。

「平君妹子，妳是最好的姑娘，我一直都盼著妳能過得好。妳若跟著我，肯定要吃苦受罪，我給不了妳……」

許平君抬起頭，臉頰暈紅，卻堅定地看著劉病已，「病已，我不怕吃苦，我只知道，如果我嫁給別人，那我才是受罪。」

劉病已被許平君的坦白直率所震，愣了一下後，笑著搖頭，語中有憐：「真是個傻丫頭。」

他牽起許平君的手，將一個鐲子攏到了許平君的手腕上，「張伯伯說這是我娘戴過的東西，這個就算作我的文定之禮了。」

許平君摸著手上的鐲子，一面笑著，一面眼淚紛紛而落。這麼多年的心事，百轉千迴後，直到這一刻，終於在一個鐲子中成為了現實。

劉病已把另外一個鐲子遞給雲歌，「雲歌，這給妳。聽說我本來有一個妹妹的，可是已經……」劉病已笑著搖搖頭，「大哥想妳拿著這只鐲子。」

雲歌遲疑著沒有去接。

許平君隱約間明白了幾分劉病已特意當著她面如此做的原因，心裡透出歡喜，真心實意地對雲歌說：「雲歌，收下吧！我也想妳戴著，我們不是姐妹嗎？」

雲歌半是心酸半是開心地接過，套在了腕上，「謝謝大哥，謝謝……嫂子。」

許平君紅著臉，啐了一聲雲歌，扭身就走。

雲歌大笑起來，一面笑著，一面跑向自己的屋子，進了屋後，卻是一頭就撲到了榻上，被子很快就被浸濕。

「妳知道女子送繡鞋給男子是什麼意思嗎？」

「我收下了。雲歌，妳也一定要記住。」

「以星辰為盟，絕無悔改。」

「下次再講也來得及，等妳到長安後，我們會有很多時間聽妳講故事。」

從她懂事那天起，從她明白了這個約定的意義起，她就從沒有懷疑過這個誓言會不能實現。她一日都沒有忘記。

她每去一個地方都會特意搜集了故事，等著有一天講給他聽。

她每認識一個人，都會想著她有陵哥哥。

她每做了一道好吃的菜，都會想著他吃了會是什麼表情，肯定會笑，會像那天一樣，有很多星星融化在他的眼睛裡。

她一直以為有一個人在遠處等她。

她一直以為他也會和她一樣，會在夜晚一個人凝視星空，會默默回想著認識時的每一個細節，會幻想著再見時的場景。

她一直以為他也和她一樣，會偏愛星空……

言猶在耳，卻已經人事全非。

原來這麼多年，一切都只不過是她一個人的鏡花水月，一個人的獨角戲。

屋外，孟珏想進雲歌的屋子，大公子攔住了他，「讓雲歌一個人靜一靜。小珏，好手段，乾淨俐落！」

孟珏笑：「這次你可是猜錯了。」

「不是你，還能是誰？劉病已的事情，這世上知道最清楚的莫過於你。」

孟珏笑得淡然悠遠，既沒有承認，也沒有再反駁，「面對如今的局勢，王爺就沒有幾分心動嗎？與其荒唐地放縱自己，不如盡力一搏，做自己想做的事情，你就真願意沉溺在脂粉香中過一輩子嗎？大丈夫生於天地間，本就該激揚意氣、指點江山。」

大公子愣了一下，笑道：「你當過我是王爺嗎？別叫得我全身發寒！很抱歉，又要浪費你的這番攻心言語了。看看劉弗陵的境況，我對那個位置沒有興趣。先皇心思過人，冷酷無情，疑心又極重，天下間除了自己誰都不信，會真正相信四個外姓的托孤大臣？他對今日皇權旁落的局面不見得沒有預料和後招。劉弗陵能讓先皇看上，冒險把江山交托，也絕非一般人。看他這次處理『刺客』事件，就已經可窺得幾分端倪，霍光遲遲不能查清楚，劉弗陵卻一字不提，反對霍光更加倚重，桑弘羊暗中去查羽林營，他只裝不知，上官桀幾次來勢洶洶的進言，都被他輕描淡寫地化解了。劉弗陵什麼都沒有做，就使一個意外的『刺客』為他所用。我警告你，把你越了界的心趁早收起來，我這個人膽子小，說不定一時禁不得嚇，就說出什麼不該說的話。」大公子頓了頓，又笑嘻嘻地說：「不過你放心，我答應你的事情，一定做到。」

孟珏對大公子的答案似早在預料中，神色未有任何變化，只笑問：「王爺什麼時候離開長安？」

大公子也是笑：「你這是擔心我的生死？還是怕我亂了你的棋局？我的事情還輪不到你操心，我想走的時候自然會走。」

孟珏微笑，一派倜儻，「大哥，你的生死我是不關心的，不過我視紅衣為妹，紅衣若因為你有了半點閃失，我會新帳、老帳和你一起算。」孟珏說話的語氣十分溫和，就像弟弟對著兄長說話，表露的意思卻滿是寒意。

大公子聽到「大哥」二字，笑意僵住，怔怔地看了會孟珏，轉身離去，往昔風流蕩然無存，

背影竟是十分蕭索，「長安城的局勢已是繃緊的弦，燕王和上官桀都不是容易對付的人，你一切小心。」

孟玨目送著大公子的背影離去，唇微動，似乎想說什麼，最終卻只是淡淡地看著大公子消失在夜色中。

孟玨立在雲歌門外，想敲門，卻又緩緩放下了手，背靠著門坐在臺階上，索性看起了星空。

似乎很久沒有如此安靜地看過天空了。

孟玨看著一鉤月牙從東邊緩緩爬過了中天。

聽著屋內細碎的嗚咽聲漸漸消失。

聽到雲歌倒水的聲音，聽到她被水燙了，把杯子摔到地上的聲音。

聽到她走路，卻撞到桌子的聲音。

聽到她躺下又起來的聲音。

聽到她推開窗戶，倚著窗口看向天空。

而他只與她隔著窗扉、一步之遙。

聽到她又關上窗戶，回去睡覺……

孟玨對著星空想，她已經睡下了，他該走了，他該走了……可星空這般美麗安靜……

雲歌一夜輾轉，斷斷續續地打了幾個盹，天邊剛露白，就再也睡不下去，索性起床。

拉開門時，一個東西咕咚一下栽了進來，她下意識地跳開，待看清楚，發現居然是孟珏。

他正躺在地上，睡眼朦朧地望著她，似乎一時也不明白自己置身何地。

一瞬後，他一邊揉著被跌疼的頭，一邊站起來向外走，一句話都不說。

雲歌一頭霧水，「喂，玉之王，你怎麼在這裡？」

孟珏頭未回，「喝醉了，找大公子走錯了地方。」

雲歌進進出出了一早上，總覺得哪裡不對，又一直想不分明，後來才猛然發覺，從清早到現在沒有見過大公子和紅衣，推開他們借住的屋門，牆壁上四個龍飛鳳舞的大字「告辭，不送」。

許平君問：「寫的什麼？」

「他們走了。」

兩個人對著牆壁發呆了一會，許平君喃喃說：「真是來得突然，走得更突然，倒是省了兩個人的喜酒。」

雲歌皺著眉頭看著牆上的字，「字倒是寫得不錯。可是為什麼寫在我的牆上？他知不知道糊一

次牆有多麻煩？」

許平君點了點頭，表示同意，「可惜大公子既不是才子，也不是名人，否則字拓了下來，倒是可以換些錢，正好糊牆。不過這些他用過的東西，都是最好的，可以賣到當鋪去。」

雲歌和許平君都是喜聚不喜散的人，這幾日又和紅衣、大公子笑鬧慣了，尤其對紅衣，兩人都是打心眼裡喜歡。不料他們突然就離去，雲歌和許平君兩人說著不相干的廢話，好像不在意，心裡卻都有些空落。

「雲歌，妳說我們什麼時候能再見到紅衣？」

「有熱鬧的時候吧！大公子哪裡熱鬧往哪裡鑽，紅衣是他的影子，見到了大公子，自然就見到紅衣了。」

許平君聽到「影子」二字，覺得雲歌的形容絕妙貼切，紅衣可不就像大公子的影子嗎？悄無聲息，卻如影隨形、時刻相伴，下意識地低頭，一看卻是一愣，心中觸動，不禁嘆了口氣。

雲歌問：「許姐姐？」

許平君指了指雲歌的腳下。

恰是正午，明亮的太陽當空照，四處都亮堂堂，什麼都看得清清楚楚，影子卻幾乎看不見。

雲歌低頭一看也是嘆了口氣，不願許平君胡思亂想，抬頭笑道：「好嫂嫂，就要做新娘子了，大紅的嫁衣穿上，即使天全黑了，也人人都看得見。哎呀！還沒有見過嫂嫂給自己做的嫁衣呢！嫂嫂的能幹是少陵原出了名的，嫁衣一定十二分的漂亮，大哥見了，定會看呆了……」

許平君臉一紅，心內甜蜜喜悅，卻是板著臉瞪了一眼雲歌，轉身就走，「一個姑娘家，卻和街上的漢子一樣，滿嘴的混帳話！」身後猶傳來雲歌的笑聲：「咦？為什麼我每次一叫『嫂嫂』，有人就紅臉瞪眼？」

許平君不曾回頭，所以沒有看到歡快的笑語下，卻是一雙凝視著樹的影子的悲傷眼睛。

第十二章 情思亂

夜色漆黑，孟珏的眼眸卻比夜色更漆黑，
像個深不見底的黑洞，吞噬著一切，捲著雲歌也要墜進去……

因為許母事先警告過劉病已不許請游俠客，說什麼「許家的親戚都是安分守己的良民，看到游俠客會連酒都不敢喝」，所以劉病已和許平君的婚宴來的幾乎全是許家的親戚。

十桌的酒席，女方許家坐了九桌。男方只用了一桌，還只坐了兩個人——雲歌和孟珏。人雖少，許家的親朋倒是沒有一個人敢輕視他們。

剛開始，孟珏未到時，許家的客人一面吃著劉病已的喜酒，一面私下裡竊竊私語，難掩嘲笑。哪有人娶親是在女方家辦酒席？還只雲歌一個親朋，落魄寒酸至此也是世上罕見。雖然張賀是主婚人，可人人都以為他的出席，是因為曾是許廣漢的上司，是和許家的交情，張賀本就不方便解釋他和劉病已認識，只能順水推舟任由眾人誤會。

許母的臉色越來越難看，許廣漢喝酒的頭越垂越低，雲歌越來越緊張。這是大哥和許姐姐一生一次的日子，可千萬不要被這些人給毀了。

雲歌正緊張時，孟玨一襲錦袍，翩翩而來。

眾人滿面驚訝，覺得是來人走錯了地方。

當知道孟玨是劉病已的朋友，孟玨送的禮金又是長安城內的一紙屋契，那些七姑八婆的嘴終於被封住。

許母又有了嫁女的喜色，許廣漢喝酒的頭也慢慢直了起來，張賀卻是驚疑不定地盯著孟玨打量。三叔四嬸，七姑八婆，紛紛打聽孟玨來歷，一個個輪番找了藉口上來和孟玨攀談。孟玨是來者不拒，笑容溫和親切，風姿無懈可擊，和打鐵的能聊打鐵，和賣燒餅的能聊小本生意如何艱難，和耕田的聊天氣，和老婆婆還能聊腰瘦背疼時如何保養，什麼叫長袖善舞、圓滑周到，雲歌真正見識到了。一個孟玨讓滿座皆醉，人人都歡笑不絕。

喝了幾杯酒後，有大膽的人，藉著酒意問孟玨娶妻了沒有。話題一旦被打開，立即如洪水不可阻擋，家裡有適齡姑娘，親戚有適齡姑娘，朋友有適齡姑娘，親戚的親戚，朋友的朋友，親戚的親戚的親戚，朋友的朋友的朋友……

雲歌第一次知道原來長安城附近居然有這麼多才貌雙全的姑娘，一家更比一家好。

孟玨微笑而聽，雲歌微笑喝酒。

因為和陵哥哥的約定，雲歌一直覺得自己像一個已有婚約的女子，只要婚約在一日，她一日就

不敢真正放下，甚至每當劉病已看到她和孟珏在一起，她都會有負疚感。

今日，這個她自己給自己下的咒語已經打破。

那廂的少時故友一身紅袍，正挨桌給人敬酒。

其實自從見到劉病已的那刻起，雲歌就知道他是劉病已，是她的大哥，不是她心中描摹過的陵哥哥。很多時候，她覺得自己對劉病已的親近感更像自己對二哥和三哥的感覺。

現在坐在這裡，坐在他的婚宴上，她更加肯定地知道她是真心地為大哥和許姐姐高興，沒有絲毫勉強假裝，此時心中的傷感悵惘，哀悼的是一段過去，一個約定，哀悼的是記憶中和想像中的陵哥哥，而不是大哥。

這廂身邊所坐的人，面上一直掛著春風般的微笑，認真地傾聽每一個和他說話人的話語，好像每一個都是很重要的人。

他的心思，雲歌怎麼都看不透。若有情，似無意。耳裡聽著別人給他介紹親事，她不禁朝著酒杯裡自己的倒影笑了。這些人若知道孟珏是霍成君的座上賓，不知道還有誰敢在這裡嘮叨？

而我是他的妹妹？

妹妹！雲歌又笑著大飲了一杯。

有人求許母幫忙說話，證明自己說的姑娘比別家更好，也有意借許母是劉病已岳母的身分，讓孟珏答應考慮他的提議。

喜出風頭的許母剛要張口，看到雲歌，忽想起那夜孟珏抱著雲歌的眼神，立即又感到一股涼意。雖然現在怎麼看孟珏，都覺得那日肯定是自己的錯覺，可仍然罕見地保持了沉默。

孟珏摁住了雲歌倒酒的手，「別喝了。」

「要你管！」

「如果妳不怕喝醉了說胡話，請繼續。」孟珏笑把酒壺推到了雲歌面前。

雲歌怔怔看了會酒壺，默默拿過茶壺，一杯杯喝起茶來。

婚宴出人意料地圓滿。因為孟珏，人人都喜氣洋洋，覺得吃得好，喝得好，聊得更好，步履蹣跚地離開時，還不忘叮囑孟珏他們提到的姑娘有多好。

劉病已親自送孟珏和雲歌出來，三人沉默地並肩而行。

沒有了鼓樂聲喧，氣氛有些怪異，雲歌剛想告別，卻見孟珏和劉病已對視一眼，身形交錯，把她護在中間。

劉病已看著漆黑的暗影處笑著問：「不知何方兄台大駕光臨，有何指教？」

一個人彎著身子鑽了出來，待看清楚是何小七，劉病已的戒備淡去，「小七，你躲在這裡幹什麼？」

「我怕被許家那隻母大蟲看見，她又會嘮叨大哥。」看劉病已蹙眉，何小七嘻嘻笑著摸了摸頭，油嘴滑舌地又補道：「錯了，錯了，錯了。以後再不亂叫了，誰叫我們大哥摘了許家的美人花呢？我們不看哥面，也要看美人嫂子的面呀！」

劉病已笑罵：「有什麼事趕緊說！說完了滾回去睡覺！」

何小七從懷裡掏出一個小盒子，雙手奉上，一臉誠摯地說著搜腸刮肚想出的祝詞：「大哥，這是我們兄弟的一點心意。祝大哥大嫂白頭偕老、百子千孫、燕燕于飛、鴛鴦戲水、魚水交歡、金槍

不倒……」

劉病已再不敢聽下去，忙敲了何小七一拳，「夠了，夠了！」

「大哥，我還沒有說完呢！兄弟們覺得粗鄙的言語配不上大哥，我可是想了好幾日，才想了這一串四個字的話……」

劉病已哭笑不得，「難得想了那麼多，省著點，留著下次哪個兄弟成婚再用。」

何小七一聽，覺得很有理，連連點頭：「還是大哥考慮周全。」

雲歌沒忍住，「噗嗤」一聲笑了出來，孟珏瞅了她一眼，她立即臉燒得通紅。

劉病已打開盒子看了一眼，剛想說話，何小七立即趕著說：「大哥，兄弟們都知道你的規矩，這裡面的東西不是偷，不是騙，更不是搶的，是我們老老實實賺錢湊的。我是認認真真當了一個月的挑夫，黑子是認認真真地乞討，痲子哥去打鐵……」何小七說著把自己的手湊到劉病已眼前讓他看，以示自己絕無虛言。

劉病已覺得手中的盒子沉甸甸地重，握著盒子的手緊了緊，拍了下何小七的肩膀，強笑著說：「我收下了。多謝你們！大哥不能請你們喝喜酒……」

何小七嘻嘻笑著，「大哥，你別往心裡去，兄弟們心裡都明白。我們兄弟哪天沒有喝酒的機會？也不少這一天。我這就滾回去睡覺了。」說完，袖著手一溜煙地跑走了。

孟珏凝視著何小七的背影，神情似有幾分觸動，對劉病已說：「其實你比長安城的很多人都富有。」

劉病已淡淡一笑，把孟珏送給他的屋契遞回給孟珏，「多謝孟兄美意，今日替我壓了場子。」

孟珏瞟了眼，沒有接，「平君一直管我叫大哥，這是我對平君成婚的心意。你能送雲歌鐲子，我就不能送平君一份禮？」

劉病已沉默地看著孟珏。

雲歌半惱半羞。平君是劉病已的妻，她是孟珏的什麼人？這算什麼禮對禮？當日送鐲子時只有她、許姐姐、劉病已知道，孟珏是如何知道的？

「孟石頭，你說什麼呢？你送你的禮，扯上我幹麼？大哥，你和許姐姐都是孟石頭的朋友，這是孟石頭的心意，你就收下吧！反正孟石頭還沒有成婚，還有一個回禮等著呢！大哥占不了便宜的。」

孟珏笑說：「新郎官，春宵一刻值千金，不用再送了，趕緊回去看新娘子吧！」說完，拖著雲歌離開。

走出老遠，直到了家門口，卻仍不見他鬆手。

雲歌掙了幾下，沒有掙脫，本來心中就不痛快，強顏歡笑了一個晚上，現在脾氣全被激起，低著頭一口咬了下去，看他鬆不鬆手？

雲歌咬的力道不輕，孟珏卻沒有任何聲息。

雲歌心中發寒，難道這個人不僅失去了味覺，連痛覺也失去了？抬頭疑惑地看向他。

夜色漆黑，孟珏的眼眸卻比夜色更漆黑，像個深不見底的黑洞，吞噬著一切，捲著她也要墜進去。雲歌倉惶想逃，用力拽著自己的手，孟珏猛然放開了她，雲歌失力向後摔去，趕忙後退，想穩住自己的身形，卻忘了身後就是門檻，一聲驚叫未出口，就摔在了地上。

「孟石頭！」雲歌揉著發疼的屁股，怒火沖頭。

孟玨笑得好整以暇，「不放開妳，妳生氣，放開妳，妳也生氣。雲歌，妳究竟想要什麼？」

孟玨這話說得頗有些意思，雲歌氣極反笑，站起來，整理好衣裙，語聲柔柔：「孟玨，你又想要什麼？一時好，一時壞，一會遠，一會近，嘲笑他人前，可想過自己？」

孟玨笑說：「我想要的一直都很清楚明白。雲歌，如果捨不得，就去爭取，既然不肯爭，就別在那裡顧影自憐。不過也許妳從小到大根本就不知道什麼叫『爭取』，任何東西都有父母兄長捧到妳眼前供妳挑選，不知道世間大多數人都是要努力爭取自己想要的東西。」

雲歌盯著孟玨，疑惑地問：「孟石頭，你在生氣？生我的氣？」

孟玨怔了一下，笑著轉身離去，「因妳為了另一個人傷心，我生氣？妳未免太高看自己。」生氣，是最不該有的情緒，對解決問題毫無幫助，只會影響一個人的判斷和冷靜，他以為這個情緒早已經被他從身上抹去了。可是，這一刻他才意識到，他竟然真的在生氣。

「孟玨，你聽著：首先，人和東西不一樣。其次，我『顧影自憐』的原因，你占了一半。」雲歌說完話，砰的一聲就甩上了門。

孟玨唇邊的笑意未變，腳步只微微頓了下，就依舊踏著月色，好似從容堅定地走在自己的路上。

雲歌愁眉苦臉地趴在桌子上。

常叔大道理小道理講了一個多時辰，卻仍舊嘴不乾舌不燥，上嘴唇碰下嘴唇，一個磕巴都不打。一旁的許平君聽得已經睡過去又醒來了好幾次。她心裡惦記著要釀酒幹活，可常叔在，她又不想當著常叔的面酤酒，只能等常叔走。卻不料常叔的嘮叨功可以和她母親一較長短，忍無可忍，倒了杯茶給常叔，想用水堵住他的嘴。

常叔以非常讚許的目光看著許平君，再用非常不讚許的目光看向雲歌，「還是平君丫頭知人冷暖，懂得體諒人。平君呀，我現在不渴，過會兒喝。雲歌呀，妳再仔細琢磨琢磨……」

許平君將茶杯強行塞到常叔手中，「常叔說了這麼久，先潤潤喉休息休息。」

許平君的語氣陰森森的，常叔打了冷戰，吞下已經到嘴邊的「不」字，乖乖捧著茶杯喝起來。終於清靜了！許平君揉了揉太陽穴，「雲歌，公主是金口玉言，妳根本沒有資格拒絕。不過妳若實在不想去，有個人也許可以幫妳。孟大哥認識的人很多，辦法也多，妳去找他，看看他有沒有辦法幫妳推掉。」

「我不想再欠他人情。」雲歌的臉垮得越發難看。

「那妳就去。反正長安城裡做菜是做，甘泉宮中做菜也是做，有什麼區別呢？妳想，就因為皇帝在甘泉山上建了個行宮，一般人連接近甘泉山的機會都沒了，妳可以進去玩一趟，多好！聽說甘泉山的風光極好，妳就權當出去玩一趟，不但不用自己掏錢，還有人給妳錢。上次我們給公主做菜，得的錢都趕上平常人家一年的開銷了。這次妳若願意，我依舊陪妳一塊去。」

常叔頻頻點頭，剛想開口，看到許平君瞪著他，又立即閉嘴。

雲歌鬱鬱地嘆了口氣，「就這樣吧！」

常叔立即扔下茶杯，倒是知趣，只朝許平君拱拱手作謝，滿面笑意地出了門。

「許姐姐，妳不要陪大哥嗎？」

一提到劉病已，許平君立即笑了，「來回就幾天功夫，他又不是小孩子，能照顧好自己。嗯……雲歌，不瞞妳，我想趁著現在有閒功夫多賺些錢，所以借妳的光，跟妳走一趟。等以後有了孩子，開銷大，手卻不得閒……」

「啊！妳有孩子了？妳懷孕了？才成婚一個月……啊！大哥知不知道？啊！」雲歌從席上跳了起來，邊蹦邊嚷。

許平君一把捂住了雲歌的嘴，「真是傻丫頭！哪裡能那麼快？這只是我的計畫！計畫！虧妳還讀過書，連我這個不識字的人都聽過未雨綢繆。難道真要等到自己懷孕了才去著急？」

雲歌安靜了下來，笑抱住許平君，「空歡喜一場，還以為我可以做姑姑了。」

許平君笑盈盈地說：「我算過賬了，以後的日子只要平平安安，最大的出賬就是給孟大哥和妳的成婚禮，這個是絕對不能省的，不過……」許平君擰了擰雲歌的鼻子，「妳若心疼我和妳大哥的錢，最好嫁給孟大哥算了，我們花費一筆錢就打發了你們兩個人……」

雲歌一下推開許平君，「要賺錢的人，趕緊去釀酒，別在這裡說胡話。」

許平君笑著拿起籮筐到院子裡幹活，雖然手腳不停，忙碌操勞，卻是一臉的幸福。

雲歌不禁也抿著唇笑起來，笑著笑著卻嘆了口氣。

許平君側頭看了她一眼，「這一個月沒見到孟大哥，某些人嘆氣的功夫倒是越練越好了。」

雲歌捂住了耳朵，「妳別左一個『孟大哥』，右一個『孟大哥』好不好？聽得人厭煩！」

許平君笑著搖頭，不再理會雲歌，專心釀酒，任由雲歌趴在桌上發呆。

雲歌和許平君雖然是奉公主的旨意而來，卻一直未曾見到公主。只有一個公主的內侍總管來傳達了公主對雲歌菜肴的讚美，又吩咐雲歌盡心聽公主的吩咐，只要做好菜，公主一定會重重賞賜。

想是因為出行，防衛格外的嚴，雲歌和許平君都被搜了身，還被叮囑，未有吩咐不可隨意行動，不過雖然查得嚴格，但所有人對她們的態度都很有禮，讓雲歌心中略微舒服了一點。

雲歌和許平君共坐一輛馬車，隨在公主的車輿後出了長安。

出門前雲歌雖然很不情願，可當馬車真的行在野外時，她卻很開心，一路撩著簾子，享受著郊外的風光。

到了甘泉宮後，雲歌和許平君住一屋。

公主的總管說因為雲歌和許平君不懂規矩，所以吩咐別的侍女多幫著雲歌和許平君，出了差錯唯她們是問。

雖然嚴厲的話是朝公主的侍女說的，但雲歌覺得只不過是對她和許平君的變相警告。雲歌偷偷朝許平君吐了吐舌頭，做了個害怕的表情，進屋後哈哈笑起來。

許平君對雲歌的大大咧咧十分不放心，提醒雲歌：「長安城內出來避暑的不止公主，剛才從山上望下去，一長串馬車直到山下。我們是要小心一些，別不小心衝撞了其他人，有些人可是連公主

都得罪不起。」

「許姐姐出門前，大哥叮囑了姐姐不少話吧？」

「沒有。病已吩咐我的話，妳都聽到了，就是讓我們只專心做菜，別的事情，做聾子、做啞子、做瞎子。我搞不清楚他究竟是願意我們來，還是不願意我們來。」

雲歌皺著眉頭，嘆了口氣，「想不清楚就不要想了，男人的心思，琢磨來琢磨去，只是傷神，還是不要想的好。」

許平君正在飲茶，聽到雲歌的話，一口茶全噴了出來，一面咳嗽，一面大笑，「小丫頭，妳……妳琢磨哪個男人的心思琢磨到傷神了？」

雲歌裝作沒有聽見，迅速跑出房門，「我去問問侍女姐姐大概要我做些什麼樣的菜。」

雲歌琢磨公主傳召她，只能是為了做菜，可是來了兩天，仍然沒有命她下過廚房，她這個廚子，日日吃的都是別人做的菜。

雲歌問了幾次，都沒有人給她準確答案，只說公主想吃時，自然會命她做。

因為她們是公主帶來的人，公主又特意吩咐過，所以雲歌和許平君都可以在有人陪伴的前提下去山中遊玩，日子過得比在長安城更舒服悠閒。

今日陪著她們在山麓裡玩的人叫郭富裕，是一個年齡和她們相仿的小宦官，比前兩天的老宦官有意思得多，雲歌和許平君也都是好玩鬧的人，三個人很快就有說有笑了。

雲歌看左面山頭有條瀑布，想去看看，富裕卻不能答應，「明日吧！明日我再帶兩位姐姐過去玩，燕王、廣陵王、昌邑王奉詔來甘泉宮等候覲見皇上，今日正在那邊山頭打獵，不怕一萬，就怕萬一，萬一驚了王爺，奴才擔待不起。如果竹姐姐想看瀑布，又願意多走些路，我們不如翻過這個山頭，到東面去，那裡有一處瀑布，雖然沒有這邊的大，但也很美。」因為眾人都稱雲歌為「竹公子」，富裕和她們混熟後，就以竹姐姐稱呼雲歌。

雲歌笑著應好。

許平君聽到富裕的話，才知道皇上也要來甘泉宮，偷偷問雲歌，「妳說我們這次能見到皇上嗎？」

雲歌瞪了她一眼，「還想見？妳上次沒有被凍夠？」

許平君笑著撇撇嘴，「上次是被大公子害的，我們這次被公主請來，指不準就能光明正大地見到皇上，回頭告訴我娘，她又多了吹噓的本錢，心情肯定能好很多天，我也能舒坦幾日。」

雲歌沉默地笑了笑，沒有回許平君的話。

這個皇上雖然說是避暑行獵，卻絲毫不閒，不許進京的藩王被召到此處，不可能只是讓藩王來遊玩打獵。

不過，自己只是做菜的，即使有什麼事情，也落不到自己頭上，就不用想那麼多了。

等雲歌回過神來，發現許平君正和富裕打聽皇上。

富裕年紀不大，行事卻很懂分寸，關於皇上的問題，一概是一問三不知。

許平君和富裕說著說著，話題就拐到了王爺身上。

先皇武帝劉徹共有六子：劉據、劉閎、劉旦、劉胥、劉髆，和當今皇上。因為先皇六十多歲才有皇上，所以皇上和其他兄弟的年齡差了很多。如今除了皇上，還活著的有燕王劉旦和廣陵王劉胥。現在的昌邑王劉賀是劉髆的兒子，年齡雖比皇上大，輩份卻是晚了一輩，是皇上的侄子。皇上的其他兄弟，都沒有子嗣留下，所以藩王封號也就斷了。

雲歌暗想，衛太子劉據怎麼會沒有子嗣呢？三子一女，孫子孫女都有，只是都已被殺。

燕王劉旦文武齊修，禮遇有才之人，門客眾多，在民間口碑甚好。

廣陵王劉胥雖然封號雅致，人卻是孔武有力，力能扛鼎，徒手能搏猛獸，性格鹵莽衝動，殘忍嗜殺，一直不受先帝寵愛，偏偏自以為很有才華，對劉徹把皇位傳給了年幼的劉弗陵一直極不服。

富裕對這兩位傳聞很多的王爺似乎不敢多談，所說還不如雲歌和許平君從民間聽到的多。直到說起昌邑王劉賀，富裕才恢復了少年人的心性，有說有笑，妙語不絕。

「兩位姐姐有機會一定要見見昌邑王，論長相俊美，無人能及這位王爺。」

許平君和雲歌都是一笑，在沒有見過孟珏之前，富裕說此話還不錯，可見過孟珏後，如果只論外貌，也只有大公子的魅惑不羈可以一比。若這世上想再找一人比他們二人還好看，只怕很難。

「聽聞這位王爺脾氣好起來，給丫頭梳頭打水、服侍沐浴都肯，可脾氣一旦壞起來……」富裕瞄了眼四周，壓著聲音說：「先皇駕崩時，昌邑王聽聞後，居然照常跑出去打獵，連奴婢都要服喪痛哭，可王爺依舊飲酒作樂，追著丫頭調戲，是個無法無天的爺……咦！一頭鹿……」

一頭鹿從林間竄出，閃電般繞過富裕身側，跳入另外一側的樹林中。因為隔著濃密的刺莓，追在牠身後的箭全部落了空。

一個四十多歲的男子從林間奔出，滿面怒氣地瞪向富裕。

富裕雖不認識來人，但看到他衣著的刺繡紋樣，以及身後隨從的裝扮，猜出來人應是位王爺，再看此人的形貌舉止，黑眉大眼、臉帶戾氣，應該既非儒雅的燕王，也非俊秀的昌邑王，而是殘忍嗜殺的廣陵王。

好的不碰，歹的碰！富裕渾身打了個哆嗦，面色蒼白地跪下，頭磕得咚咚響，「王爺，奴才不知道您在這裡打獵，奴才以為……」

「本王在哪裡打獵還要告知你？」

富裕嚇得再不敢說一句話，只知道拚命磕頭。

許平君看形勢不對，也跪了下來，雲歌卻是站著未動。許平君狠拽了拽雲歌的衣袖，她才反應過來，低著頭，噘著嘴跪在了許平君身側。

「你們驚走了寶貝們的食物，只好拿你們做食物了。」廣陵王拍了拍身側的兩隻桀犬，「去！」

桀犬不同於一般的犬，是將挑選出來的最健康小狗關於一屋，不給食物，讓牠們互相為食，唯一存活下來的那隻狗才有資格成為桀犬，民間的獵人馴養桀犬，一般以九為限，但宮廷中的桀犬卻是常常將百隻狗關於一屋來挑選，養成的桀犬殘忍嗜血、可鬥虎豹，珍貴無比。

富裕哭著求饒，卻一點不敢反抗。

許平君倉惶間，一把推開了雲歌，擋在雲歌身前，「快跑。」怕得身子簌簌直抖，卻隨手抓了

一根樹枝，想要和桀犬對抗。

兩隻桀犬，直撲而來，平君手中胳膊粗細的木棍，不過一口，已被咬斷。

雲歌也隨手揀了一截木棍，一手揮棍直戳犬眼，將攻擊富裕的桀犬逼退，一手把平君拽到自己身後，讓攻擊平君的桀犬落了空。

兩隻桀犬都盯向雲歌，雲歌的身子一動不敢動，雙眼卻是大睜，定定地和桀犬對視，喉嚨裡發著若有若無的低嗚。

桀犬立即收了步伐，渾身的毛都豎了起來，如臨大敵，殘忍收斂，換上了謹慎，在雲歌面前徘徊，猶豫著不敢進攻。

「許姐姐，妳帶富裕先走。」

雲歌的聲音冷靜平穩，可許平君看到她脖後已經沁出密密麻麻的汗珠。

「走？全天下都是我劉家的，你們能走到哪裡去？」廣陵王看到桀犬對雲歌謹慎，詫異中生了興趣，「有意思，沒想到比打鹿有意思！」啜唇為哨，命桀犬進攻雲歌。

桀犬在主人的命令下，不敢再遲疑，向雲歌發起了試探性的攻擊。

不過兩三招，廣陵王已看出雲歌雖然會點拳腳功夫，招式也十分精妙，可顯然從未下功夫練習過，招式根本沒有力道，恐怕連半頭桀犬都打不過，之前也不知道怎麼唬住了桀犬。

雲歌完全是模仿從雪狼身上學來的氣勢和嗚嗚。

桀犬本以為遇到了狼，從氣勢判斷，還絕非一隻普通的狼，所以才分外小心，此時發現不是，謹慎消失，殘忍畢露。一隻攻向雲歌的腿，雲歌後退，裙裾被桀犬咬住，另外一隻藉機跳起，躍過同伴，直撲向雲歌的脖子，雲歌的裙裾還在桀犬口中，為了避開咽喉的進攻，只能身子向後倒去。

平君不敢再看，一下閉上了眼睛，只聽到一聲粗啞的慘叫，眼淚立即流了出來。

忽又覺得聲音不對，她立即睜開眼睛，看到的是富裕護住雲歌。此時兩條桀犬一隻咬著他的胳膊，一隻咬著他的腿。

富裕慘叫著說：「王爺，吃了奴才就夠了，這兩位姑娘是公主的貴客，並非平常奴婢……」

廣陵王卻似乎什麼都沒有聽見，只是興致盎然地看著眼前一幕。

雲歌翻身站起，揮舞棍子，和桀犬相鬥，阻止牠們接近富裕的咽喉。

許平君一面哭，一面撲過去，揀起一根棍子胡亂舞著。

不過一會功夫，雲歌和許平君也被咬到。

三人被桀犬咬死，只是遲早的事情。

正絕望時，忽聽到一個人，有氣沒力地說：「今天打獵的獵物是人嗎？王叔可事先沒有和我說過呀！容侄兒求個情，吃奴才沒事，美人還是不要糟蹋了，王叔不喜歡，就賞給侄兒吧！」

廣陵王劉胥掃了眼昌邑王劉賀，笑著說：「這兩隻畜生被我慣壞了，一旦見血，不吃飽了，不肯停口。」

劉賀一面朝桀犬走去，一面搖頭，「唉！怎麼有這麼不聽話的畜生呢？養畜生就是要聽話，不聽話的畜生不如不要。」

話語間，只聞一聲兵器出鞘的聲音，眾人還未看清楚，一隻桀犬的頭已經飛向半空，另外一隻桀犬立即放開富裕，向劉賀撲去，劉賀慘叫一聲，轉身逃跑，「來人！來人！有狗襲擊本王，放

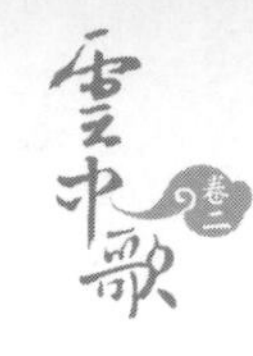

箭，放箭！」

立即有一排侍衛齊步跨出，搭弓欲射。

兩隻桀犬，從培育優質小狗，篩選桀犬，到桀犬養成，認他為主，費了劉胥無數心血，卻不料眨眼間就失去了一隻，另一隻也危在旦夕，他強壓下火氣，招回剩下的桀犬，眼內噴火地盯著劉賀。

雲歌此時才有功夫看是誰救了他們，立即直了眼睛。

大公子？他……他是王爺？

難怪紅衣那麼害怕他被霍光、上官桀他們看見。他居然欺騙了她們……不對……他好像早就和她說過他是王爺，是自己當了玩笑。

他是王爺？他是被她和許平君嘲諷笑罵的大公子？

許平君死裡逃生，一個震驚還未過去，另外一個震驚又出現在眼前，不禁指著劉賀大叫一聲，雲歌立即捂住了她的嘴。

雲歌有些腦暈。

劉賀依舊是那副不羈佻達、笑意滿面的樣子，只不過這次不是朝著雲歌和許平君笑，而是看著廣陵王笑。

廣陵王的怒火，他似乎一點都感受不到，笑得如離家已久的侄子在異鄉剛見到親叔叔，正歡喜無限，「王叔，聽說狗肉很滋補，可以壯陽，不如今天晚上我們燉狗肉吃？」

廣陵王驀然握著拳頭，就要衝過來，他身後的隨從攔住了他，低聲道：「那是個瘋子，王爺何必和他一般計較。如果在這裡打起來，不是正好給皇上和霍光找碴的機會？」

廣陵王深吸了幾口氣，才壓下心頭的怒火，對著劉賀冷笑著點頭，「好侄兒，今日的事，我們日後慢慢聊。」

劉賀皺起了眉頭：「我可沒龍陽之癖，只喜歡和美人慢慢聊，男人就算了。何況你還是我王叔，又大我那麼多，這都罷了，反正我們皇家的人亂個把倫不算什麼，最緊要的是王叔長得……唉！侄子記得皇爺爺六十多歲時，依舊相貌堂堂，妃子們也個個都是美人，皇叔卻……」劉賀上下打量著廣陵王，表情沉痛遺憾地搖頭。

廣陵王的臉色由黑轉青，由青轉白。

廣陵王殘暴嗜殺，貼身隨從看他的樣子，怕禍殃己身，不敢再勸。

一個瘋子王爺，一個莽夫王爺，兩人相遇就如往熱油鍋裡澆冷水，不「劈里啪啦」都不行。兩邊的侍從都開始挽袖擦掌，做好了準備，去打他個「劈里啪啦」的一架。

忽聞馬蹄聲急急，清脆悅耳的聲音傳來，「成君不知王爺在此行獵，未及時迴避，驚擾了王爺，求王爺恕罪。」

霍成君一面說著，一面從馬上跳下，趕著給廣陵王請安。

和霍成君並驥而來的孟玨也跳下馬，上前向廣陵王行禮，視線從雲歌身上 掃而過。

廣陵王對霍光的忌憚，更勝於勢單力薄的皇帝，雖然心裡厭惡，仍是強擠了一絲笑出來：「快起來，不知者不為罪。幾年未見，已經出落成大姑娘了。」

那隻已經被廣陵王喚回的桀犬好似聞到什麼味道，鼻子深嗅了嗅，忽地嘶叫一聲，猛地掙脫項圈，向霍成君撲去。

眾人都失聲驚呼，廣陵王也是失態大叫，想喚回愛犬，愛犬卻毫不聽從。危急時刻，幸有孟珏護著霍成君躲開了桀犬的攻擊，他自己堪堪從桀犬嘴邊逃開，一節袍襬被桀犬撕去。桀犬還想再攻擊，已經被隨後趕到的侍從團團圍住，趕入了籠中。

霍成君面色蒼白，眾人也都餘驚未去。

只劉賀似什麼事都沒發生一樣，笑咪咪地盯著霍成君上下打量，一副浪蕩紈褲的樣子，毫無男女之別的禮數，也毫不顧忌霍成君的身分。

霍成君側頭盯了劉賀一眼，心中不悅。雖然看他的相貌穿著，已經猜出對方的身分，但反正第一次見，索性裝作沒有認出昌邑王，連安也不請。

廣陵王面上帶了一分歉然，強堆著笑，想開口說話。

霍成君忙笑道：「王爺的這隻獵犬真勇猛。我哥哥還洋洋自誇他養的桀犬是長安城中最好的，和王爺的獵犬相比，簡直如尋常的護院家狗。若讓我哥哥看到這樣的好犬，還不羨慕死他？」言語中隻字不提剛才的危險，談笑間已是避免了廣陵王為難。

廣陵王的笑意終於有了幾分真誠，「妳哥哥也喜歡玩這些？以後讓他來問我，不要說長安最好，就是天下最好也沒問題。」

霍成君笑著謝過廣陵王，瞟了眼地上的雲歌，驚訝地說：「咦？這不是公主府的人嗎？他們三個冒犯了王爺？」

廣陵王冷哼一聲。

霍成君陪著笑道：「容成君大膽求個情，還望王爺看在公主的面子上，饒他們一次，若所犯罪行真不可饒恕，不如交給公主發落。畢竟游獵是為了開心，王爺實在不必為了這些無足輕重的人傷了兄妹感情。」

廣陵王當著霍成君的面不好發作，餘怒卻仍未消，恨瞪向昌邑王。一旁的隨從忙藉機在廣陵王耳旁低低說：「小不忍則亂大謀，等事成之後，王爺就是想拿他餵狗也不過一句話。」

劉賀以袖掩面，遮住廣陵王的目光，一副害羞的樣子，「哎呀呀！王叔，你可別這樣看著我，人家都說不行了。你當著這麼多人，一副想『吃』了我的樣子，傳出去實在有損皇家顏面。」

廣陵王猛然轉身，趕在劉賀再說什麼讓他忍不下去的話前，翻身上馬，匆匆離去。

第十三章 月虹歌

他們面前的月光虹，彎彎如橋，
似乎一端連著現在，一端連著幸福，
只要肯踏出那一步，沿著彩虹指引的方向去，就能走到彼端的幸福。

孟玨目送廣陵王的身影完全消失在樹林間，方向雲歌行去，看著從容，卻是眨眼間已蹲在了雲歌身前，「傷到了哪裡？」

雲歌不理他，只對劉賀說：「王爺，富裕已經暈過去，民女的腿被咬傷，求王爺派人送我們回公主住處。」

劉賀笑看了眼孟玨，吩咐下人準備竹兜，送雲歌她們回去。

霍成君不好再裝不知道劉賀身分，只能故作吃了一驚，趕忙行禮，「第一次見王爺，成君眼拙，還請王爺恕罪。」

劉賀笑揮了揮衣袖，「反正有『不知者不為罪』的話，妳都說了是妳不知，我還能說什麼？越是聖賢越覺得自己學識不夠，越是懂得才越敢說不知。」

霍成君怒從中來，面上卻還要維持著笑意，「王爺說的繞口令，成君聽不懂。」

孟珏想替雲歌檢查一下傷勢，雲歌掙扎著不肯讓他碰，但勁力比孟珏小很多，根本拗不過他。

孟珏強握住了雲歌的一隻胳膊，檢查雲歌的傷勢。雲歌的另一隻手仍不停打著孟珏：「不要你替我看，不要你……」

孟珏見只是小腿上被咬了一口，雖然血流得多，但沒有傷著筋骨，懸著的心放下來，接過劉賀隨從準備好的布帛，先替雲歌止住血。

霍成君笑說：「雲歌，我雖然也常常和哥哥鬥氣，可和妳比起來，脾氣還真差遠了。妳哥哥剛才在山頭看見妳被桀犬圍攻，臉都白了，打著馬就往山下衝，妳怎麼還鬧彆扭呢？」

孟珏出現後，舉止一直十分從容，完全看不出當時的急迫，此時經霍成君提醒，雲歌才留意到孟珏的髮冠有些歪斜，衣袖上還掛著不少草葉，想來當時的確是連路都不辨地往下趕。

她心中的滋味難言，如果無意就不要再來招惹她，她也不需要他若遠若近的關心。

「我哥哥光明磊落，才不是他這個樣子，他不是……」看孟珏漆黑的雙眸只是凝視著她，似並不打算阻止她要出口的話。

雲歌心中一酸，如果人家只把她當妹妹，她又何必再多言？吞回已到嘴邊的話，只用力打開孟珏的手，扶著軟兜的竹竿，強撐著坐到軟兜上，閉上了眼睛，再不肯開口，也不肯睜眼。

孟珏又檢查了下許平君的傷口，見也無大礙，遂扶著許平君坐到雲歌身側，對抬軟兜的人吩

咐：「路上走穩點，不要顛著了。」

劉賀本興致勃勃地等著看霍成君和雲歌的情敵大戰，看小珏如何去圓這場局，卻不料雲歌已經一副抽身事外的樣子，他無聊地搖搖頭，翻身上馬，「無趣！打獵去，打獵去！」走得比說得還快，一群人很快就消失在樹林中。

許平君小聲說：「雲歌，孟大哥那麼說也是事出有因。如果一句謊話可以救人性命，妳會不會講？妳一旦被抓，很可能就會牽扯出大公子，說妳是刺客也許有些牽強，可大公子呢？皇家那些事情，我們也聽得不少，動不動就是一家子全死。」

雲歌睜開了眼睛，微微側頭，看向身後。

此時已經走出很遠，孟珏和霍成君卻不知為何仍立在原地。雲歌心中一澀，正想回頭，卻看到霍成君似乎揮手要搧孟珏耳光，孟珏握住了她的手腕，霍成君掙扎著抽出，匆匆跳上馬，打著馬狂奔而去。孟珏卻沒有去追她，仍舊立在原地。

雲歌不解，呆呆地望著孟珏。他怎麼會捨得惹霍成君生氣？怎麼不去追霍成君？正發呆間，孟珏忽地回身看向雲歌的方向。

隔著蜿蜒曲折的山道，雲歌仍覺得心輕輕抖了下，立即扭回頭，不敢再看。

回到住處時，公主已經被驚動。富裕雖然性命無礙，卻仍然昏迷未醒，公主只能找雲歌和平君

問話。

雲歌因為小腿被咬傷，下跪困難，公主索性命她和許平君都坐著回話。

雲歌將大致經過講了一遍，告訴公主他們不小心衝撞了廣陵王，廣陵王放狗咬他們，重點講了富裕對公主的忠心，如何拚死相救，最後輕描淡寫地說危急時刻恰好被昌邑王撞見，昌邑王救下了他們。

公主聽完沉吟了會，問：「王兄知道你們是本宮府裡的人嗎？」

雲歌正思量如何迴避開這個問題，等富裕醒來後決定如何回答，許平君已經開口：「民女聽到富裕向廣陵王哀求，說我們是公主的客人，讓狗吃他，放過我們。不過當時狗在叫，我們也在哭喊，民女不知道廣陵王是否聽到了。」

公主冷笑著頻頻點頭，過了好一會才又問：「昌邑王救下你們後，王兄如何反應？他們都說了些什麼？」

雲歌立即趕在許平君開口前說：「民女們從未經歷過這等場面，當時以為必死無疑，魂魄早被嚇散，怎麼被人送回來的都糊塗著，所以不知道廣陵王和昌邑王都說了什麼。」

公主想到富裕的傷勢，再看到雲歌和許平君滿身血跡，輕嘆了口氣，「難為妳們兩個了，妳們儘快養好傷，專心做菜，受的委屈本宮會補償妳們。」又對一旁的總管說：「命太醫好好照顧富裕，你和他說，難得他的一片忠心，讓他安心養傷，等傷養好了，本宮會給他重新安排去處。」

太醫看過雲歌和平君的傷勢後，配了些藥，囑咐她倆少動多休養。

等煎好藥，服用完，已經到了晚上。

雲歌躺在榻上，盯著屋頂發呆。

許平君小聲問：「妳覺得我不該和公主說那句話？」

「不是。我正在鬱悶小時候沒有好好學功夫，要被我爹、我娘、我哥哥、雩姐姐、鈴鐺、小淘、小謙知道我竟然連兩隻狗都打不過，他們會氣暈過去，還是會嘲笑我一輩子？姐姐，這事我們要保密，日後若見到我家裡的人，妳可千萬別提。」

許平君正想嘲笑雲歌現在居然想的是面子問題，可想起劉病已，立即明白自己嘲笑錯了，「雲歌，那說好了，這是我們的祕密，妳也千萬不要在病已面前提起。」

「嗯。」

「雲歌，我現在有些後悔剛才說的話了。不過我當時真的很氣，我們已經因為他們打獵，儘量迴避了，只是一隻鹿而已，那個王爺就想要三個人的命，他們太不拿人當人了。那些讀書人還講什麼『愛民如子』，全是屁話，如果皇帝也是這樣的人，我也不想見了，省得見了回去生氣。」

「都已經說出口的話，也不用多想了。」雲歌對許平君笑做了個鬼臉，調侃著說：「愛民如子倒不算屁話，皇上對民的愛的確與對子的愛一樣，都是順者昌，逆者亡。愛民如子這話其實並不是說皇帝有多愛民，不過是聽的民一廂情願罷了。」

許平君想到漢武帝因為疑心就誅殺了衛太子滿門的事情，這般的「愛子」，恐怕沒有幾個民希望皇上「愛民如子」，好笑地說：「雲歌，妳這丫頭專會歪解！若讓皇帝知道妳這麼解釋『愛民如子』，肯定要『愛妳如子』了。」話說完，才覺得自己的話說過了，長嘆口氣：「我如今也被妳教得沒個正經，連皇上都敢調侃了！」

雲歌渾不在意地笑：「姐姐，妳想到曾經和大漢朝的王爺吵過架，感覺如何？」

許平君想到劉賀，噗哧一聲笑出來，「感覺很不錯。不過，知道他是王爺後，我覺得他好像也挺有威嚴的，把另一個那麼凶的王爺氣得臉又白又青，卻只能乾瞪眼。怎麼以前沒有感覺出來？」

兩人都哈哈大笑起來。笑時，牽動了傷口，又齊齊皺著眉頭吸冷氣。

說著話，藥中的凝神安眠成份發揮了作用，兩個人慢慢迷糊了過去。

一個婢女替劉賀揉著肩膀，一個婢女替他捶著腿，還有兩個搧著扇子，紅衣替他剝葡萄。

正無比愜意時，簾子外的四月揮了下手，除了紅衣，別人都立即退了出去，劉賀沒好氣地罵：「死小玨！見不得人舒服！」

孟玨從簾外翩翩而進，「你今天很想打架嗎？不停地刺激廣陵王。」

劉賀笑起來，「聽聞王叔剩下的那條狗突然得了怪病，見人就咬，差點咬傷王叔，王叔氣怒下，親自動手殺了愛狗。可憐的小狗，被主人殺死的滋味肯定很不好受。下次投胎要記得長點眼色，我們孟公子的袍襬是你能咬的嗎？霍成君也是可憐，前一刻還是解語花，後一刻就被身側人做了誘餌，還要糊裡糊塗感激人家冒險相護。」

孟玨水波不興，坐到劉賀對面。

劉賀對紅衣說：「紅衣，以後記得連走路都要離我們這隻狐狸遠一點。」

紅衣只甜甜一笑。

孟玨對紅衣說：「紅衣，宮裡賜的治療外傷的藥還有嗎？」

紅衣點點頭。

「妳和四月去把雲歌和平君接過來。雲歌肯定不願意，她的性子妳也勸不動，讓四月用些沉香。」

紅衣又點點頭，擦乾淨手，立即挑簾出去。

劉賀咳嗽了兩聲，擺出一副議事的表情，一本正經地說：「小玨，你今天做了兩件不智的事情。我本來橫看豎看，都覺得好像和雲歌姑娘有些關係，但想著我們孟公子，可是一貫的面慈心冷，你身上流的血究竟是不是熱的，我都早不敢確定了，所以覺得肯定是我判斷錯誤，孟公子做的這兩樁錯事肯定是別有天機，只是我太愚鈍，看不懂而已！不知道孟公子肯不肯指點一二？以解本王疑惑。」

孟玨沉默不語，拿過劉賀手旁的酒杯，一口飲盡，隨即又給自己倒了一杯。

劉賀笑嘻嘻地看著孟玨，孟玨仍沒有理會他，只默默地飲著酒。

劉賀湊到孟玨臉前，「你自己應該早就察覺了幾分，不然也不會對雲歌忽近忽遠。雲歌這樣的人，她自己若不動心，任你是誰，都不可能讓她下嫁。你明明已經接近成功，卻又把她推開。唉！可憐！原本只是想挑得小姑娘動春心，沒想到自己反亂了心思。你是不是有些害怕？憎恨自己的心情會被她影響？甚至根本不想見她，所以對人家越發冷淡，一時跑去和上官蘭郊遊，一時和霍成君卿卿我我，可是看到雲歌姑娘命懸一線時，我們的孟公子突然發覺自己的小心肝撲通撲通、不受控制地亂跳，擔心？害怕？緊張……」

孟玨揮掌直擊劉賀的咽喉，劉賀立即退後。

「離我遠點，不要得意忘形，否則不用等到廣陵王來打你。」

劉賀和孟玨交鋒，從來都是敗落的一方，第一次占了上風，樂不可支，鼓掌大笑。

笑了會兒，聲音突然消失，他怔怔盯著屋外出神，半晌後才緩緩說：「我是很想找人打架，本想著和廣陵王打他個天翻地覆，你卻跑出來橫插一槓子。」

孟玨神情黯然，一口飲盡了杯中的酒。

劉賀說：「廣陵王那傢伙是個一點就爆的脾氣，今天卻能一直忍著，看來燕王的反心是定了，廣陵王是想等著燕王登基後，再來收拾我。」

孟玨冷笑：「燕王謀反之心早有，只不過他的封地燕國並不富庶，財力不足，當年上官桀和霍光又同心可斷金，他也無機可乘，如今三個權臣鬥得無暇旁顧，朝內黨派林立，再加上有我這麼一個想當異姓王想瘋了的人為他出錢，販運生鐵，鍛造兵器，他若不反，就不是你們劉家的人了！」

「老三，我不管你如何對付上官桀，我只要燕王的命，幽禁、貶成庶民都不行。」

孟玨微笑：「明年這個時候，他已經在閻王殿前。」

劉賀仍望著窗外，表情冷漠，「今日是二弟的死忌，你若想打我就出手，錯過了今日，我可是會還手的，你那半路子才學的功夫還打不過我。」

孟玨靜靜地坐著，又給自己倒了一杯酒，一口飲下。

看到紅衣在簾子外探頭，他一句話沒有說地起身而去。

劉賀取過酒壺，直接對著嘴灌了進去。

雲歌感覺有人手勢輕柔地觸碰她的傷口，立即睜開眼睛，看見孟玨正坐在榻側，重新給她裹傷，立即坐起身想走，「孟玨，你聽不懂人話嗎？我說過不要你給我看病。從今往後，你走你的路，我過我的橋，你別老來煩我！」

「我已經和霍成君說了妳不是我妹妹，以後我不會再和她單獨相見。」

雲歌的動作停住，「她就是為這個想搧你巴掌？」

孟玨笑看著雲歌，「妳都看見了？她沒有打著，我不喜歡別人碰我，不過妳今天可沒少打我。」

雲歌低下了頭，輕聲說：「我當時受傷了，力氣很小，打在身上又不疼。」

「躺下去，我還在上藥。」

雲歌猶豫了會，躺了下去，「我在哪裡？許姐姐呢？」

「這是小賀、也就是大公子的住處，妳們今日已經見過他。紅衣正重新給平君上藥，桀犬的牙齒鋒利，太醫給妳們用的藥，傷雖然能好，卻肯定要留下疤痕，現在抹的是宮內專治外傷的祕藥，不會留下傷痕。」

為了方便上藥，雲歌的整截小腿都裸露著，孟玨上藥時，一手握著雲歌的腳踝，一手的無名指在傷口處輕輕打著轉。

雲歌一面和自己說，他是大夫，我是病人，這沒什麼，一面臉燒起來，眼睛根本不敢看孟玨，只直直盯著帳頂。

「我不是和妳說過，不要再為公主做菜了嗎？」孟玨的話雖然意帶責備，可語氣流露更多的是擔心。

「她是公主，她的話我不能不聽，雖然她是個還算和氣的人，可誰知道違逆了她的意思會惹來什麼麻煩？而且許姐姐想來玩，所以我們就來了。」

「妳怎麼不來找我？」

雲歌沉默了會，低低說：「那天你不是轉身走掉了嗎？之後也沒有見過你。誰知道你在哪個姐姐妹妹那裡？」

孟玨替雲歌把傷口裹好，整理好衣裙，坐到了她身旁。

兩個人都不說話，沉默中卻有一種難得的平靜溫馨。

「雲歌。」

「嗯？」

「妳不是我妹妹。」

「嗯。」

「我認為自己沒有喜歡妹妹的亂倫癖好。」

這是孟玨第一次近乎直白地表露心意，再沒有以前的雲遮霧繞，似近似遠。

雲歌的臉通紅，嘴角卻忍不住地微微揚起，好一會後，她才輕聲問：「你這次是隨誰來的？公主？燕王？還是……」雲歌的聲音低了下去。

孟玨的聲音很坦然，「我是和霍光一起來，不是霍成君。」

雲歌笑撇過了頭，「我才不關心呢！」

「傷口還疼嗎？」

「藥冰涼涼的，不疼了。」

孟玨笑揉了揉雲歌的頭，「雲歌，如果公主這次命妳做菜，少花點心思，好嗎？不要出差錯就行。」

雲歌點點頭，「好。公主是不是又想讓我給皇上做菜？上次皇上喜歡我做的菜嗎？他說了什麼？如果他喜歡我做的菜，那許姐姐不用擔心皇上是和廣陵王一樣的人了。」

孟玨沒有回答雲歌的問題，微蹙了下眉頭，只淡笑著輕聲重複了一遍「廣陵王」。

雲歌一下握住孟玨的胳膊，緊張地看著孟玨。

孟玨笑起來，「我又不是小賀那個瘋子，我也沒有一個姓氏可以依仗。別胡思亂想了，快睡吧！」

「我睡不著，大概因為剛睡了一覺，現在覺得很清醒。以後幾天都不能隨意走動，睡覺的時候多著呢！你睏不睏？你若不睏，陪我說一下話，好嗎？」

孟玨看了瞬雲歌，扶雲歌坐起，轉身背朝她，「上來。」

雲歌愣了下，乖乖地趴在孟玨背上。

孟珏背著她出了屋子，就著月色，行走在山谷間。

一輪圓月映著整座山，蛐蛐的叫聲陣陣，不時有螢火蟲從他們周身飛過。

一面斜斜而上的山坡，鋪滿了碧草，從下往上看，草葉上的露珠在月光映照下，晶瑩剔透，點點瑩光，恍似碎裂的銀河傾落在山谷中。

隨著孟珏的步伐，雲歌也像走在了銀河裡。

雲歌一聲都不敢發，唯恐驚散了這份美麗。

也不知道在山麓中行了多久，突然聽到隆隆水聲。雲歌心中暖意融融，白日被咬了一口、險些丟掉性命都沒有看到的瀑布，晚上卻有一個人背著她來看。

當飛落而下的瀑布出現在面前時，雲歌忍不住地輕呼一聲，孟珏也不禁停下了步伐。

此時天空黛藍，一輪圓月高懸於中天，青俊的山峰若隱若現，一道白練飛瀉而下，碎裂在岩石上，千萬朵雪白的浪花擊濺騰起。

就在無數朵浪花上，一道月光虹浮跨在山谷間。紗般朦朧，淡淡的橙青藍紫似乎還隨著微風而輕輕擺動。

孟珏放下了雲歌，兩人立在瀑布前，靜靜地看著難得一見的月光虹。

一貫老成的孟珏，突然之間做了個很孩子氣的舉動，他從地上撿了三根枯枝，以其為香，敬在月光虹前。

雲歌輕聲問：「你在祭奠親人嗎？」

「我曾見過比這更美麗的彩虹，彩虹裡面有宮闕樓閣，亭台池榭。」

有這樣的彩虹？雲歌思量了一瞬，「你是在沙漠中看到的幻景吧？沙漠中的部族傳說，有一隻叫蜃的妖怪，吐氣成景，如果饑渴的旅人朝著美麗的幻景行去，走向的只會是死亡。」

「那時候我還沒有遇見義父，不知道那是海市蜃樓的幻象。」

雲歌想到孟珏的九死一生，暗暗心驚。

孟珏卻語氣一轉，「雲歌，我很喜歡長安。因為長安雄宏、包容、開闊，連金日磾這樣的匈奴人都能做輔政大臣。我一直想，為什麼所有人都喜歡稱漢朝為大漢，並不是因為它地域廣闊，而是因為它相容並蓄、有容乃大。」

雲歌愣愣點了點頭，怎麼突然從海市蜃樓說到了長安？

「我小時候曾在胡漢混雜地域流浪了很久。不同於長安，那裡胡漢衝突格外激烈。因為長相，我一直很受排擠，胡人認為我是他們討厭的漢人，漢人又認為我是他們討厭的胡人。小地痞無賴為了能多幾分活著的機會，都會結黨成派，互相照應著，可我只能獨來獨往，直到遇見二哥。」

「他是漢人？」

孟珏點了點頭，「我和二哥為了活下去，偷搶騙各種手段都用。第一次相見，我和他為了一塊硬得像石頭的餅大打出手，最後他贏了，我輸了，本來他可以拿著餅離開，他卻突然轉回來，分給我一半，當時我已經三天沒有吃飯，靠著那半塊餅才又能有力氣出去幹偷雞摸狗的事情。二哥一直認為漢朝的皇帝是個壞皇帝，想把他趕下去，自己做皇帝，讓餓肚子的人都有飯吃，而我當時深恨長安，我們越說越投機，有一次兩人被人打得半死後，我們就結拜了兄弟。」

看今日孟珏的一舉一動，穿衣修飾，完全不能想像他口中描繪的他是他。孟珏的語氣平淡到似乎講述的事情完全和他無關，雲歌卻聽得十分心酸。

「有一次我們在沙漠中迷路了，就看到我見過最美麗的彩虹。我當時因為脫水，全身無力，二哥自己水囊裡的水捨不得喝，盡力留著給我。他明知道沙漠裡脫水的人一定要喝鹽水才能活下去，可當時我們到哪裡去找鹽水？他根本不該在我身上浪費水和精力。他卻一直背著我。我還記得他一邊走，一邊和我說『別睡，別睡，小弟，你看前面，多美麗！我們就快要到了。』」

孟珏笑看著月光虹，思緒似乎飛回了當日的記憶，面上的表情十分柔和。

絕境中，能被一個人不顧性命、不離不棄地照顧，那應該是幸福和幸運的事情。

因為即使絕望，仍會感到溫暖。

雲歌一面為兩個孩子的遭遇緊張，一面卻為孟珏高興，「你們怎麼走出沙漠的？」

「幸虧遇見了我義父，兩個差點被蜃吞掉的傻子才活了下來。我跟在義父身邊讀書識字，學各種各樣的技藝。二哥卻只待了半年時間，學了些武功和手藝就離開，他想回漢朝尋找失散的妹妹。」

「後來呢？你二哥呢？」

孟珏默默凝視著月光虹，良久後才說：「後來，等我找到他時，他已經死了。」

雲歌靜靜對著月光虹行了一禮，起來時，因為單腳用力，身子有些不穩，孟珏扶住了她的胳膊。

孟珏對雲歌而言，一直似近實遠。

有時候，即使他坐在她身邊，她也會覺得他離她很遠。

今夜，那個完美無缺、風儀出眾的孟珏消失不見了，可第一次，雲歌覺得孟珏真真切切地站在自己身側。

「你叫他二哥，那你還有一個大哥？」

孟珏沒有立即回答，似乎在凝神思索，好一會後，他的眼睛中透了笑意：「是，就小賀那個瘋子。他和二哥是結拜兄弟，也算是我的兄長了。」

他們面前的月光虹，彎彎如橋，似乎一端連著現在，一端連著幸福，只要他們肯踏出那一步，肯沿著彩虹指引的方向去走，就能走到彼端的幸福。

而此時，孟珏的漆黑雙眸，正專注地凝視著她。

雲歌知道孟珏已經踏出了他的那一步。

雲歌握住了孟珏的手，孟珏的手指冰涼，可雲歌的手很暖和。

孟珏緩緩反握住了雲歌的手。

隨著月亮的移動，彩虹消失。孟珏又背起了雲歌，「還想去哪裡看？」

「嗯……隨便。只想一直就這麼走下去，一直走下去，一直走下去……」雲歌不知道孟珏是否能聽懂她「一直走下去」的意思，可她仍然忍不住地，微笑著一遍遍說「一直走下去」。

本來很倒楣的一天，卻因為一個人，一下就全變了。

雲歌的心情就像月夜下的霓虹，散發著七彩光輝。

聽到孟珏笑說：「很好聽的歌，這裡離行宮很遠，可以唱大聲點。」

雲歌才意識到自己在細聲哼著曲子。

居然是這首曲子，她怔忡。孟珏輕聲笑問：「怎麼了？不願意為我唱歌嗎？」

雲歌笑著搖搖頭，輕聲唱起來。

孟玨第一次知道，雲歌的歌聲竟是如此美，清麗悅耳，婉轉悠揚，像悠悠白雲間傳來的歌聲。聲音並不是很大，但在寂靜的夜色中，藉著溫暖的風，遠遠地飄了出去。飄過草地，飄過山谷，飄過灌木，飄到了山道……

黑黑的天空低垂
亮亮的繁星相隨
蟲兒飛蟲兒飛
你在思念誰
天上的星星流淚
地上的花兒枯萎
冷風吹冷風吹
只要有你陪
蟲兒飛花兒睡
一雙又一對才美
不怕天黑只怕心碎

不管累不累

也不管東南西北

馬車中的劉弗陵猛然掀起了簾子，于安立即叫了聲「停」，躬下身子靜聽吩咐。

劉弗陵凝神聽了會，強壓著激動問于安，「你聽到了嗎？」

于安疑惑地問：「聽到什麼？好像是歌聲。」

劉弗陵跳下了馬車，離開山道，直接從野草石岩間追著聲音而去。

于安嚇得立即追上去，「皇上，皇上，皇上想查什麼，奴才立即派人去查，皇上還是先去行宮。」

劉弗陵好像根本沒有聽到于安的話，只是凝神聽一會兒歌聲，然後大步追逐一會兒。

于安和其他宦官只能跟在劉弗陵身後聽聽走走。

風中的歌聲，若有若無，很難分辨，細小到連走路的聲音都會掩蓋住它，可這對劉弗陵而言，是心中最熟悉的曲調，不管多小聲，只要她在唱，他就能聽到。

循著歌聲只按最近的方向走，很多地方根本沒有路。

密生的樹林，長著刺的灌木把劉弗陵的衣袍劃裂。

于安想命人用刀開路，卻被嫌吵的劉弗陵斷然阻止。

看到皇上連胳膊都出現血痕時，于安想死的心都有了，「皇上，皇上……」

「閉嘴。」劉弗陵只一邊凝神聽著歌聲，一邊往前跑，根本沒有留意到他身上發生的一切。

于安心頭恨恨地詛咒著唱歌的人，老天好像聽到了他的詛咒，歌聲突然消失了。

劉弗陵不能置信地站在原地，盡力聽著，卻再無一點聲音，他急急向前跑著，希望能在風聲中再捕捉到一點歌聲，卻仍然一點沒有。

「你們都仔細聽。」劉弗陵焦急地命令。

于安和其他宦官認真聽了會，紛紛搖頭表示什麼都沒有聽到。

劉弗陵儘量往高處跑，想看清楚四周，可只有無邊無際的夜色：安靜到溫柔，卻也安靜到殘忍。

劉弗陵怔怔看著四周連綿起伏的山嶺。

雲歌，妳就藏在其中一座山嶺嗎？如此近，卻又如此遠。

「誰知道唱歌的人在哪個方向？」

一個宦官幼時的家在山中，謹慎地想了會，方回道：「風雖然從東往南吹，其實唱歌的人既有可能向南去，也有可能向東去，還有山谷回音的干擾，很難完全確定。」

「你帶人沿著你估計的方向去查看一下。」

做完此時唯一能做的事情，劉弗陵黯然站在原地，失神地看著天空。

銀盤無聲，清風無形。

蒼茫天地，只有他立於山頂。

圓月能照人團圓嗎？嫦娥自己都只能起舞弄孤影，還能顧及人間的悲歡聚散？

劉弗陵站著不動，其他人也一動不敢動。

于安試探著叫了兩聲「皇上」，可看劉弗陵沒有任何反應，再不敢吭聲。

很久後，劉弗陵默默地向回走。

月夜下的身影，雖堅毅筆直，卻瘦削蕭索。

于安跟在劉弗陵身後，突然狠狠搧了自己一巴掌，小步上前低聲說：「皇上，即使有山谷的擴音，估計唱歌的人也肯定在甘泉山附近，可以命人調兵把附近的山頭全部封鎖，不許任何人進出，然後一個人一個人的問話，一定能找出來。」

劉弗陵掃了眼于安，腳步停都沒有停地繼續往前。

于安立即又甩了自己一巴掌，「奴才糊塗了。」

如果弄出這麼大的動靜，告訴別人說只是尋一個唱歌的人，那三個王爺能相信？霍光、上官桀、桑弘羊能相信？只怕人還沒有找到，反倒先把早已蠢蠢欲動的藩王們逼反了。

劉弗陵道：「你派人去暗中查訪，將甘泉宮內的所有女子都查問一遍，再搜查過附近住戶。」

劉弗陵坐於馬車內，卻仍然凝神傾聽著外面。

沒有歌聲。什麼都沒有！只有馬車壓著山道的轆轆聲。

雲歌，是妳嗎？

如果是妳，為什麼離長安已經這麼近，都沒有來找過我？

如果不是妳，卻為什麼那麼熟悉？

雲歌，今夜，妳的歌聲又是為何而唱？

第十四章　歌者去

如果是很難走、很難走的路，你也會背著我嗎？
如果你很累、很累了，還會背著我嗎？

「累嗎？」

「不累。」

「你還能背我多久？」

「很久。」

「很久是多久？」

「很久就是很久。」

「如果是很難走、很難走的路，你也會背著我嗎？如果你很累、很累了，還會背著我嗎？」

……

雲歌極力想聽到答案，四周卻只有風的聲音，呼呼吹著，將答案全吹散到了風中。越是努力聽，風聲越大，雲歌越來越急。

「醒來了，夜遊神。」許平君將雲歌搖醒。

雲歌呆呆看著許平君，還有些分不清楚身在何處。

許平君湊到她臉邊，曖昧地問：「昨天夜裡都幹了什麼？紅衣過去找你們時，人去房空。天快亮時，某個人才背著一頭小豬回來。小豬睡得死沉死沉，被人賣了都不知道。」

雲歌的臉一下滾燙，「我們什麼都沒做，他只是背著我四處走了走。」

「難不成你們就走了一晚上？」許平君搖搖頭表示不信。

雲歌大睜著眼睛，用力點頭，表示絕無假話。

「真只走了一晚上？只看了黑黝黝的荒山野嶺？唉！妳本來就是個豬頭，可怎麼原來孟玨也是個豬頭！」許平君無力地搖頭。

雲歌想起夢中的事情，無限恍惚，究竟是真是夢？她昨天晚上究竟問過這樣的傻話沒有？是不是所有的女孩子都會在愛上一個人時問出一些傻傻的問題？

許平君拍拍雲歌的臉頰，「別發呆了，快洗臉梳頭，就要吃午飯了。」

雲歌看屋子的角落裡擺著一個輪椅，一副拐杖，「公主想得很周到。」

許平君一手有傷，不能動，另外一隻手拎著陶壺給雲歌倒水，「可別謝錯人了。我聽到了外人吩咐宮人給妳找輪椅和拐杖，應該是孟大哥私下裡打點過。公主忙著討好皇上，哪裡能顧到妳？」

雲歌用毛巾捂著臉，蓋住了嘴邊的幸福笑意。

許平君說：「妳睡了一個早上，不知道錯過多少精彩的事情。皇上星夜上山，到行宮時，胳膊上、腿上都有血痕，馬車裡還有一件替換下的襤褸衣袍。聽說皇上本想悄悄進宮，誰都不要驚動，可不知道怎麼走漏了風聲，公主大驚下，以為皇上遇到刺客，呼啦啦一幫人都去看皇上，鬧得那叫一個熱鬧。」

「真的是刺客嗎？」雲歌問。

「後來說不是，本來大家都將信將疑。可皇上的貼身侍衛說沒有刺客，皇上身邊的宦官說是皇上在林木間散步時，不小心被荊棘劃傷。聽公主帶過來問話的人回說『只看到皇上突然跳下馬車，什麼也不說地就向野徑上走，等回來時，皇上就已經受傷了』，檢查皇上傷口的幾個太醫也都確定說『只是被荊棘劃裂的傷口，不是刀劍傷』，這個皇上比妳和孟玨還古怪，怎麼大黑天的不到富麗堂皇的宮殿休息，卻跑到荊棘裡面去散步？」

雲歌笑說：「人家肯定有人家的理由。」

許平君笑睨著雲歌，「難不成皇上也有個古怪的佳人要陪？孟大哥明明很正常的人，卻晚上不睡覺……」

雲歌一撩盆子中的水，灑了許平君一臉，把許平君未出口的話都澆了回去。

許平君氣得來掐雲歌。

兩人正笑鬧，公主的總管派人來傳話，讓雲歌這幾日好好準備，隨時有可能命她做菜。給了她們專用的廚房，專門聽雲歌吩咐的廚子，還有幫忙準備食材的人。

雲歌和許平君用過飯後，一個推著輪椅，一個吊著手腕去看廚房。

雲歌隨意打量了幾眼廚房，一開口就是一長串食材名稱，一旁的人趕忙記下後，吩咐人去準備。

許平君看雲歌下午就打算動手做的樣子，好奇地問：「是因為給皇上做，擔心出差錯，所以要事先試做嗎？」

雲歌看四周無人，低聲說：「不是，我前段時間，一直在翻看典籍，看了一些亂七八糟的東西，自己正在琢磨一些方子，有些食材很是古怪和希罕。現在廚房有，材料有，人有，不用白不用。」

許平君駭指著雲歌，「妳、妳占公主便宜！」

雲歌笑得十二分坦蕩，「取之於民，用之於民。難道這些東西，他們不是從民取？難道我們不是民？」看許平君撇嘴不屑，她又道：「就算我不是民，妳也肯定是民。」

整個下午，雲歌都在廚房裡做菜，不知道的人還以為她多為公主盡心。

本來許平君一直很樂意嚐雲歌的菜，何況還是什麼希罕食材所做的菜，可她看到菜肴的顏色越變越古怪，有的一團漆黑，像澆了墨汁，有的是濃稠的墨綠，聞著一股刺鼻的酸味，還有的色彩斑爛，看著像毒藥多過像菜肴。

甚至當一隻蜘蛛掉進鍋裡，她大叫著讓雲歌撈出來時，雲歌卻盯著鍋裡的蜘蛛看著，喃喃自語，「別名次蠹、蛛蝥，性苦寒，微毒……」

許平君一聽毒字，立即說：「倒掉！」

雲歌一面喃喃自語，一面卻用勺子在湯鍋裡攪了攪，蜘蛛消失在湯中，「入足厥陰肝經，可治小兒厭乳，小兒厭乳就是不喜歡吃飯，嗯，不喜歡吃飯……這個要慢慢燉。」

許平君下定了決心，如果以後沒有站在雲歌旁邊，看清楚雲歌如何做飯，自己一定不會再吃雲歌做的任何東西。

所以當雲歌將做好的一道墨汁菜捧到許平君面前，請她嘗試時，許平君後退了一步，又一步，乾笑著說：「雲歌，我中午吃得很飽，實在吃不下。」

「就嚐一小口。」雲歌的「一小口」，讓許平君又退了一大步。

雲歌只能自己嚐，許平君在一旁皺著眉頭看。

雲歌剛吃了一口，就吐了出來，不光是吐本來吃的東西，而是連中午吃的飯也吐了出來。

「水，水。」

連著漱了一壺水，雲歌還是苦著臉。太苦了，苦得連胃汁也要吐出來了。

看雲歌這樣，許平君覺得自己做了有生以來最英明的決定。

天下至苦莫過黃連，黃連和這個比算什麼？這碗黑黝黝的東西可是苦膽汁、黃連、腐巴、腐婢、豬膏莓……反正天下最苦、又不相沖的苦，經過濃縮，盡集於一碗，雲歌還偏偏加了一點甘草做引，讓苦來得變本加厲。

光喝了口湯就這樣，誰還敢吃裡面的菜？許平君想倒掉，雲歌立即阻止。

緩了半天，雲歌咬著牙、皺著眉，拿起筷子夾菜，許平君大叫，「雲歌，妳瘋了，這是給人吃的嗎？」

「越苦越好，越苦越好……」雲歌一閉眼睛，塞進嘴裡一筷菜。胃裡翻江倒海，雲歌俯在一旁

乾嘔，膽汁似乎都要吐出來。

許平君考慮是不是該去請一個太醫來？如果告訴別人，廚子是因為吃了自己做的菜被苦死，不知道有沒有人相信？

晚飯時，孟玨接到紅衣暗中傳遞的消息，雲歌要見他。

以為有什麼急事，匆匆趕來見雲歌，看到的卻是雲歌笑嘻嘻地捧了一個碗給他，裡面黑黝黝一團，根本看不出來是什麼。

「這是我今日剛做好的菜，你嚐嚐。」

孟玨哭笑不得，從霍光、燕王、廣陵王前告退，不是說走就走的事情，晚宴上的菜肴也算應有盡有，何況吃和別的事情比起來，實在小得不能再小，雲歌卻一副鄭重其事的樣子。

但看到雲歌一臉企盼，他的幾分無奈全都消散，笑接過碗，低頭吃起來。

很給雲歌面子，不大會兒功夫，一大碗已經見底，抬頭時，卻看到側過頭的雲歌，眼中似有淚光。

「雲歌？」

雲歌笑著轉過頭，「怎麼了？味道如何？」

看來是一時眼花，孟玨笑著搖搖頭，「沒什麼。只要是妳做的東西，我都喜歡吃。我要回去了。妳腿還不方便，有時間多休息，雖然喜歡做菜，可也別光想著做菜。」

孟玨說完，匆匆離去。雲歌坐在輪椅上發呆。

晚上，雲歌躺在榻上問許平君，「許姐姐，如果有一天，我是說如果，妳吃什麼東西都沒有了味道，會是什麼感覺？」

許平君想了想說：「會很慘！對我而言，辛苦一天後，吃頓香噴噴的飯是很幸福的事情。雲歌，妳不是說過嗎？菜肴就像人生，一切形容人生的詞語都可以用來形容菜肴，酸甜苦辣辛，菜肴是唯一能給人直接感受這些滋味的東西，無法想像沒有酸甜苦辣的飯菜，甜究竟是什麼樣子？苦又是什麼味道？就像，就像……」

「就像瞎子，不知道藍天究竟怎麼藍，不知道白雲怎麼白，也永遠不會明白彩虹的美麗，紅橙黃藍，不過是一個個沒有任何意義的字元。」

談話聲中，許平君已經睡著，雲歌卻還在輾轉反側，腦中反覆想著能刺激味覺的食譜。

山中的夜空和長安城的夜空又不一樣。

因為夜的黑沉，天倒顯亮，青藍、黛藍、墨藍、因著雲色，深淺不一地交雜在一起。

劉弗陵斜靠著欄杆，握著一壺酒，對月淺酌，聽到腳步聲，頭未回，直接問：「有消息嗎？」

「奴才無能，還沒有。奴才已經暗中派人詢問過山中住戶和巡山人，沒有找到唱歌的人。如今

正派人在甘泉宮中查找，皇上放心，只要唱歌的人身在甘泉宮，奴才一定能把她找出來。」

于安停在了幾步外，看到劉弗陵手中的酒壺吃了一驚。因為環境險惡，皇上的一舉一動都有無數隻眼睛盯著，所以皇上律己甚嚴，幾乎從不沾酒。

劉弗陵回身將酒壺遞給于安，「拿走吧！」

「今日霍大人正在代皇上宴請三位王爺，皇上若想醉一場，奴才可以在外面守著。」

劉弗陵看著于安，微微一笑，笑未到眼內，已經消散。

于安不敢再多說，拿過了酒壺，「皇上，晚膳還沒有用過，不知道皇上想用些什麼？」

劉弗陵淡淡地說：「現在不餓，不用傳了。」

「聽公主說，前次給皇上做過菜的竹公子也在此，要不要命她再給皇上做次菜？皇上不是最愛吃魚嗎？正好可以嚐一下竹公子的手藝。」

劉弗陵蹙了眉頭，「阿姊也在晚宴上？」

「是。」

因為他和阿姊的親近，讓有心之人把阿姊視做了可以利用的武器。利用阿姊打探他的行蹤，利用阿姊掌握他的喜怒，利用阿姊試探他的反應。

今天早上的那一幕鬧劇，不就又是那幫人在利用阿姊來查探他怪異行為的原因嗎？

阿姊身處豺狼包圍中，卻還不自知，偏偏又一片芳心所托非人。

劉弗陵起身踱了幾步，提高了聲音，寒著臉問：「于安，公主今晨未經通傳就私闖朕的寢宮，還私下詢問侍從朕的行蹤，現在又隨意帶人進入甘泉宮，你這個大內總管是如何做的？」

于安一下跪在了地上，「皇上、皇上……」此事該如何解釋，難道從他看著皇上長大講起？說皇上自幼就和公主親近，姐弟感情一向很好？最後只能說：「奴才知錯，以後再不敢。」

劉弗陵冷哼一聲，「知道錯了，就該知道如何改，還不出去？」

于安小心翼翼地起身，倒退著出了屋子，一邊摸著頭上的冷汗，一邊想：皇上真的是越來越喜怒難測了。

公主究竟什麼事情得罪了皇上？

因為公主說廣陵王眼中根本沒有皇帝？因為公主暗中和霍光、上官桀交往過多？還是公主和丁外人的荒唐事？

唉！不管怎麼得罪，反正是得罪了，皇上連最後一個親近的人也沒有了，真的要成孤家寡人了。

于安指了指守在殿外的宦官宮女，陰惻惻地說：「都過來聽話，把不當值的也都叫來。今日起，公主和其他人一樣，沒有事先通傳，不得隨意在宮中走動。若有人敢私做人情，我的手段，你們也都聽聞過。死，在我這裡是最輕鬆的事情。六順，你去公主那邊傳話，將竹公子立即趕出甘泉宮。過會兒公主要來找，就說我正守著皇上，不能離開。」

六順苦著臉問：「如果公主鬧著硬要見皇上呢？奴才們怕擋不住。」

于安一聲冷笑，「你們若讓皇上見到了不想見的人，要你們還有何用？」

許平君正在做夢，夢見皇上吃到雲歌做的菜，龍心大悅，不但重賞了她們，還要召見她們，她正抱著一錠金子笑，就被人給吵醒了。

服侍公主的掌事宦官命她們立即收拾包裹，下山回家，連馬車都已經給她們準備好了。

許平君陪著笑臉問因由，宦官卻沒有一句解釋，只寒著臉命她們立即走。

許平君不敢再問，只能趕緊收拾行囊。

事出意外，雲歌怕孟玨擔心，卻實在尋不到機會給孟玨傳遞消息，忽想起最近隨身帶了很多亂七八糟的中藥，匆匆從荷包內掏出生地、當歸放於自己榻旁的几案上。剛走出兩步，她側著頭一笑，又回身在桌上放了一味沒藥。

「雲歌，肯定是妳占公主便宜的事情被發現了，我的金子、我的金子……」許平君欲哭無淚。

雲歌覺得許平君的猜測不對，可也想不出是為什麼，只能沉默。

「這次真是虧大了，人被咬了，還一文錢沒有賺到。」許平君越想越覺得苦命。

雲歌鬱鬱地說：「妳先別哭命苦了，還是想想見了大哥如何解釋吧！本來以為傷好一些時才回去，結果現在就要回家，連掩飾的辦法都沒有。」

許平君一聽，立即安靜下來，皺著眉頭發呆。

長安城。

上官桀原本就因為皇上未讓他隨行同赴甘泉宮而心中不快，此時聽聞皇上因為在山道上受傷，所以命霍光代他宴請三王，氣怒下將手中的酒盅砸在了地上。

早就想擺脫霍光鉗制的上官安，立即不失時機地勸父親放棄以前和燕王的過節，不妨先假裝接受燕王示好，聯手剷除霍光，畢竟霍光現在才是上官氏最大的威脅。否則，萬一霍光和燕王聯合起來對付他們，形勢對他們可就極度不利了。

等剷除霍光，獨攬朝政後，想收拾偏居燕北之地的燕王，並非什麼難事。

至於廣陵王和昌邑王，封地雖然富庶，可一個是莽夫，一個是瘋子，都不足慮。

上官桀沉思不語。

自從在霍府見過孟玨，上官桀就花足了心思想要拉攏。

雖然彼此言談甚歡，孟玨還暗中透露了他與燕王認識的消息，並代燕王向他獻上重禮示好，可最近卻和霍光走得很近。

女兒上官蘭對孟玨很有好感，他也十分樂意玉成此事，將孟玨收為己用。

但孟玨對女兒上官蘭雖然不錯，卻也和霍成君來往密切。

的確如上官安所說，燕王既然可以向他們示好，也很有可能在爭取霍光。別人被霍光的謙謙君子形象迷惑，他和霍光同朝三十多年，卻知道霍光手段的狠辣比他有過之而無不及。

先發者制人，後發者制於人。

上官桀心意漸定，怒氣反倒去了，很平和地對上官安說：「我們是不能只閒坐著了。」

甘泉宮。

剛送走三王的霍光面對皇上給予的榮耀，卻無絲毫喜色，摒退了其他人，只留下孟玨喝茶。

兩人一盅茶喝完，霍光看著孟玨，滿意地點點頭。

深夜留客，一盅茶喝了有半個時辰，他一句話沒有說，孟玨也一句話沒有問。

他不急，孟玨也未躁。

別的不說，只這份沉著就非一般人能有，女兒的眼光的確不錯。

是否布衣根本不重要，他的出身還不如孟玨。更何況，對他而言，想要誰當官，現在只是一句話的問題。重要的是這個人有多大的能力，可以走多遠，能否幫到他。

「孟玨，你怎麼看今夜的事情？」

孟玨笑著欠了欠身子，「晚輩只是隨口亂說，說錯了，還望霍大人不要見怪。今夜的事情如果傳回長安，大人的處境只怕會很尷尬，霍大人應該早謀對策。」

霍光盯著孟玨，神色嚴厲，「你知道你說的人是誰嗎？」

孟玨恭敬地說：「晚輩只是就事論事。」

霍光怔了半晌，神色一下變得十分黯然，「只是……唉！道理雖然明白，可想到女兒，總是不能狠心。」

不能狠心？行小人之事，卻非要立君子名聲。燕王的虛偽在霍光面前不過萬一。孟玨心中冷嘲，面上當惡人卻當得一本正經，「霍大人乃正人君子，但對小人不可不防，畢竟霍大人的安危干係霍氏一族安危，如今社稷不穩，也還要依賴霍大人。」

霍光重重嘆了口氣，十分無奈，「人無害虎心，虎卻有傷人意，只能儘量小心。」話鋒一轉，突然問：「你怎麼看皇上？」

孟玨面上笑得坦然，心內卻是微微猶豫了下，「很有可能成為名傳青史的明君。」

霍光撫鬚頷首，孟玨靜坐了一瞬，看霍光再無說話的意思，起身告退。

霍光臉上的嚴肅褪去，多了幾分慈祥，笑著叮嚀：「我看成君心情不太好，問她又什麼都不肯說，女大心外向，心事都不肯和我說了，你有時間去看看她。」

孟玨沒有答腔，只笑著行完禮後退出了屋子。

道路兩側的宮牆很高，顯得天很小。

走在全天下沒有多少人能走的路上，看著自己的目標漸漸接近，可一切並沒有想像中那麼快樂。

雖然知道已經很晚，也知道她已經睡下，可還是沒有管住自己的腳步。

本來只想在她的窗口靜靜立會兒，卻不料看到人去屋空，榻鋪零亂。

他的呼吸立即停滯。

是廣陵王？是霍成君？還是……

正著急間，卻看到桌上擺放的三小片草藥：生地、當歸、沒藥，他一下搖著頭笑了出來。

不可留是生地，思家則當歸，身體安康自然是無藥。

什麼時候，這丫頭袋子裡的調料變成了草藥？

孟玨笑拿起桌上的草藥，握在了手心裡，似有暖意傳來，從手心慢慢透到了心裡。

突然想到生地和當歸已經告訴了他她們的去向，既能回家，當然是安全，何必再多放一味沒藥？沒藥？無藥！

無藥可醫是相思！

這才是雲歌留給他的話嗎？她究竟想說的是哪句？雲歌會對他說後面一句話嗎？

孟玨第一次有些痛恨漢字的複雜多義。

左思右想都無定論，不禁自嘲地笑起來，他原以為會很討厭患得患失的感覺，卻不料其中自有一份甘甜。

握著手中的草藥，孟玨走出了屋子，只覺屋外的天格外高，月亮也格外亮。

孟玨回到長安，安排妥當其他事情後立即就去找雲歌，想問清楚心中的疑惑，到門口時，發現院門半掩著，裡面叮叮咚咚地響。

推開門，看到廚房裡面一團團的黑煙逸出，孟玨忙隨手從水缸旁提了一桶水衝進廚房，對著爐灶潑了下去。

雲歌一聲尖叫，從灶堂後面跳出，「誰？是誰？」一副氣得想找人拚命的樣子，隱約看清楚是孟玨，方不吼了。

孟玨一把將雲歌拖出廚房，「妳在幹什麼，放火燒屋嗎？」

雲歌一臉的灶灰，只一口牙齒還雪白，悻悻地說：「你怎麼早不回來，晚不回來，一回來就壞了我的好事。我本來打算從灶心掏一些伏龍肝，可意外地發現居然有一窩白蟻在底下築巢，這可是百年難見的良藥，所以配置了草藥正在熏白蟻，想把牠們都熏出來，可你，你……」

孟玨苦笑，「妳打算棄廚從醫嗎？連灶台下烘燒十年以上的泥土，藥名叫伏龍肝都知道了？白蟻味甘性溫，入脾、腎經，可補腎益精血，又是治療風濕的良藥，高溫旁生成的白蟻，藥效更好。妳發現的白蟻巢穴在伏龍肝中，的確可以賣個天價。雲歌，妳什麼時候知道這麼多醫藥知識了？」

雲歌還是一臉不甘，沒好氣地說：「沒聽過天下有個東西叫書籍嗎？找我什麼事情？」

孟玨卻半晌沒有回答，突然笑了笑說：「沒什麼。花貓，先把臉收拾乾淨了再張牙舞爪。」

孟玨把雲歌拖到水盆旁，擰了帕子。雲歌去拿，卻拿了個空，孟玨已經一手扶著她的頭，一手拿毛巾替她擦臉。

雲歌的臉一下就漲紅了，一面去搶帕子，一面結結巴巴地說：「我自己來。」

孟玨任由她把帕子搶了去，手卻握住了她的另一隻手，含笑看著她。

雲歌說不出是羞是喜，想要將手拽出來，卻又幾分不甘願，只能任由孟玨握著。

她拿著帕子在臉上胡亂抹著，也不知道到底是擦臉，還是在躲避孟玨的視線。

「好了，再擦下去，臉要擦破了。我們去看看妳的白蟻還能不能用。」

孟玨牽著雲歌的手一直未放開，雲歌腦子昏昏沉沉地隨著他一塊進了廚房。

孟玨俯下身子向灶堂內看了一眼，「沒事。死了不少，但地下應該還有。索性叫人來把灶台敲了，直接挖下去，挖出多少是多少。」

雲歌聽到，立即笑拍了額頭一下，「我怎麼那麼蠢？這麼簡單、直接、粗暴的法子，起先怎麼沒有想到？看來還是做事不夠狠呢！」

雲歌說話時，湊身向前，想探看灶堂內的狀況，孟玨卻是想起身，雲歌的臉撞到了孟玨頭上，呼呼嚷痛，孟玨忙替她揉。

廚房本就不大，此時餘煙雖已散去，溫度依然不低，雲歌覺得越發熱起來。

孟玨揉著揉著忽然慢慢低下了頭，雲歌隱約明白將要發生什麼，只大瞪著雙眼，一眨不眨地看著孟玨。

孟玨的手拂過她的眼睛，唇似乎含著她的耳朵在低喃，「傻丫頭，不是第一次了，還不懂得要閉眼睛？」

雲歌隨著孟玨的手勢，緩緩閉上了眼睛，半仰著頭，緊張地等著她的第二次，實際第一次的吻。

等了半晌，孟玨卻都沒有動靜，雲歌在睜眼和閉眼之間掙扎了一瞬，決定還是偷偷看一眼孟玨在幹什麼。

偷眼一瞄，卻看到劉病已和許平君站在門口。

孟玨似乎沒有任何不良反應，正微笑著，不緊不慢地站直身子，手卻依然緊摟著雲歌，反而劉病已的笑容很是僵硬。

雲歌瞇著眼睛偷看的樣子全落入了劉病已和許平君眼中，只覺得血直沖腦門，臊得想立即暈倒，一把推開孟珏，跳到一旁，「我，我……」卻什麼都「我」不出來，索性一言不發，低著頭，大踏步地從劉病已和許平君身旁衝過，「我去買菜。」

臨出院門前，她又匆匆扭頭，不敢看孟珏的眼睛，只大嚷著說：「孟珏，你也要留下吃飯。嗯，你以後只要在長安，都要到我這裡來吃飯。記住了！」說完，立即跳出了院子。

許平君笑著打趣：「孟大哥，聽到沒有？現在可就要聽管了。」

孟珏微微而笑，「妳的胳膊好了嗎？」

許平君立即使了個眼色，「你給的藥很神奇，連雲歌都活蹦亂跳了，我的傷更是早好了。你們進去坐吧！我去給你們煮些茶。」

孟珏會意，再不提受傷的事情，劉病已也只和孟珏閒聊。

許平君放下心來，轉身出去汲水煮茶。

劉病已等許平君出了屋子，斂去了笑容，「她們究竟是怎麼受傷的？和我說因為不小心被山中的野獸咬傷了。」

孟珏說：「廣陵王放桀犬吃她們，被昌邑王劉賀所救。大公子就是劉賀的事情，平君應該已經和你提過。」

劉病已的目光一沉。孟珏淡淡說：「平君騙你的苦心，你應該能體諒。當然，她不該低估你的智慧和性格。」

劉病已只沉默地坐著。

許平君捧了茶進來，劉病已和孟玨都笑容正常地看向她，她笑著放下茶，對孟玨說：「晚上用我家的廚房做飯，我是不敢吃雲歌廚房裡做出來的飯菜了。這段時間，她日日在裡面東煮西煮。若不是看你倆挺好，我都以為雲歌在熬煉毒藥去毒殺霍家小姐了。」

孟玨淡淡一笑，對許平君的半玩笑半試探沒有任何反應，只問道：「誰生病了嗎？我看雲歌的樣子不像做菜，更像在嘗試用藥入膳。」

許平君看看劉病已，茫然地搖搖頭，「沒有人生病呀！你們慢慢聊，我先去把灶火生起來，你們等雲歌回來了，一塊過來。」

劉病已看雲歌的書架角落裡，放著一副圍棋，起身拿過來，「有興趣嗎？」

孟玨笑接過棋盤，「反正沒有事做。」

猜子後，劉病已執白先行，他邊落子，邊說：「你好像對我很瞭解？」

孟玨立即跟了子，「比你想像的要瞭解。」

「朋友的瞭解？敵人的瞭解？」

「本來是敵人，不過看到你這落魄樣後，變成了兩三分朋友，七八分敵人，以後不知道。」

兩個人的落子速度都是極快，說話的功夫，劉病已所持的白棋已經占了三角，布局嚴謹，一目一目地爭取著地盤，棋力相互呼應成合圍之勢。

孟玨的黑棋雖然只占了一角，整個棋勢卻如飛龍，龍頭直搗敵人內腹，成一往直前、絕無迴旋餘地的孤絕之勢。

劉病已的落子速度漸慢，孟珏卻仍是劉病已落一子，他立即下一子。

「孟珏，你的棋和你的人風格甚不相同，或者該說你平日行事的樣子只是一層你想讓他人看到的假相。」

「彼此，彼此。你的滿不在乎、任情豪俠下不也是另一個人？」孟珏淡淡一笑，輕鬆地又落了一子。

劉病已輕敲著棋子，思量著下一步，「我一直覺得不是我聰明到一眼看透你，而是你根本不屑對我花費勁力隱瞞。你一直對我有敵意，並非因為雲歌，究竟是為什麼？」

孟珏看劉病已還在思量如何落子，索性端起茶杯慢品，「劉病已，你只需記住，你的經歷沒什麼可憐的，比你可憐的大有人在。你再苦時，暗中都有人拚死維護你，有些人卻什麼都沒有。」

劉病已手中的棋子掉到了地上，他抬頭盯著孟珏，「你這話什麼意思？」

孟珏淡淡一笑，「也許有一日會告訴你，當我們成為敵人，或者朋友時。」

劉病已思索地看著孟珏，撿起棋子，下到棋盤上。

孟珏一手仍端著茶杯，一手輕鬆自在地落了黑子。

雲歌進門後，站到他們身旁看了一會。

明知道只是一場遊戲，她卻越看越心驚，忽地伸手攪亂了棋盤，「別下了，現在勢均力敵剛剛好，再下下去，就要生死相鬥，贏了的也不見得開心，別影響胃口。」說完，出屋向廚房行去，「許姐姐肯定不肯用我的廚房，我們去大哥家，你們兩個先去，我還要拿些東西。」

劉病已懶洋洋地站起，伸了個懶腰，「下次有機會再一較勝負。」

孟珏笑著：「機會很多。」

劉病已看雲歌鑽在廚房裡東摸西找，輕聲對孟珏說：「不管你曾經歷過什麼，你一直有資格爭取你想要的一切，即使不滿，至少可以豁出去和老天對著幹一場。我卻什麼都不可以做，想爭不能爭，想退無處可退，甚至連放棄的權利都沒有，因為我的生命並不完全屬於我自己，我只能靜等著老天的安排。」他看向孟珏，「孟珏，雲歌是你真心實意想要的嗎？雲歌也許有些天真任性，還有些不解世事多艱、人心複雜，但懂得生活艱辛、步步算計的人太多了，我寧願看她整天不愁世事地笑著。」

孟珏的目光凝落在雲歌身上，沉默地站著。

雲歌抬頭間看到他們，嫣然而笑。笑容乾淨明麗，再配上眉眼間的悠然自在，宛如空谷芝蘭、遠山閒雲。

劉病已鄭重地說：「萬望你勿使寶珠蒙塵。」

雲歌提著籃子出了廚房，「你們兩個怎麼還站在這裡呢？」

孟珏溫暖一笑，快走了幾步，從雲歌手中接過籃子，「等妳一塊走。」

雲歌的臉微微一紅，安靜地走在孟珏身側。

劉病已加快了步伐，漸漸超過他們，「我先回去看看平君要不要幫忙。」

堪憐惜

小妹放下紗帳，隨手抓起一件衣服塞進嘴裡，

眼淚如急雨，雙手緊握成拳，瘋狂地揮舞著，卻無一點聲音發出。

簾帳外，馨甜的熏香繚繚散開……

一屋幽靜。

公主原本想藉甘泉宮之行和皇上更親近一些。等皇上心情好時，再藉機聊一些事情，沒想到話還未說，就不知何緣故得罪了皇上，自小和她親近的皇上開始疏遠她。

甘泉山上，皇上對她冷冷淡淡，卻對廣陵王安撫有加。

廣陵王回封地時，皇上親自送到甘泉宮外，不但賞賜了很多東西，還特意加封了廣陵王的幾個兒子。

可對她呢？

常有的賞賜沒有了，隨意出入禁宮的權利也沒有了。她哭也哭過，鬧也鬧過，卻都沒有用。

回長安後，她費心搜集了很多奇巧東西，想挽回和皇上的關係，皇上卻只禮節性地淡淡掃一眼，就命人放到一旁。

很快，她和皇上關係惡劣的消息就在長安城內傳開，公主府前的熱鬧漸漸消失。

往年，離生辰還有一個月時，就有各郡各府的人來送禮。送禮的人常常在門前排成長隊，今年卻人數銳減，門可羅雀。

公主正坐在屋內傷心。

丁外人喜匆匆地從外面進來，「公主，燕王送來重禮給公主賀壽，兩柄紫玉如意，一對鴛鴦蝴蝶珮，一對水晶枕……」

因為知道父皇在世時，燕王曾覬覦過太子之位，所以一直對燕王存有戒心。燕王雖年年送禮，公主卻年年回絕。可沒有料到門庭冷落時，燕王仍然派人來恭賀壽辰。

公主雖絕不打算和燕王結交，但也不能再狠心拒絕燕王的禮物，畢竟錦上添花的人多，雪裡送炭的卻實在少，「收下吧！好好款待送禮來的人。」

丁外人笑著進言：「難得還有如此不勢利的人，公主不如回一封信給燕王。」

公主想了想，「也好，是該多謝王兄厚意，口頭傳達總是少了幾分誠意。」

丁外人忙準備了筆墨，伺候公主寫信，「公主，今年的生辰宴打算怎麼辦？」

公主懨懨地說：「你也看到現在的情形了，往年皇上都會惦記著此事，可今年卻不聞不問，本宮沒心情辦什麼生辰宴。」

丁外人說：「雖然那些勢利小人不來奉承了，可上官大人、桑大人都已經送了禮，總不能不回謝一番。經此一事，留下的都是真心待公主的人，看著是禍事，其實也是好事。再說了，公主和皇上畢竟是親姐弟，皇上年幼失母，多有公主照顧，感情非同一般。等皇上氣消了，總有迴旋餘地，公主現在不必太計較，上官大人私下和我提過，會幫公主在皇上面前說話，霍夫人也說會幫公主打聽皇上近來喜好。」

公主的眉頭舒展了幾分，「還是你想得周到。本宮若連生辰宴都不辦了，只能讓那幫勢利小人看笑話。這事交給你負責，除了上官大人、桑大人，你再給霍光下個帖子，霍光不會不來，有他們三人，本宮的宴席絕不會冷清，看誰敢在背後胡言亂語？」

丁外人連連稱是，面上一派謹慎，心內卻是得意萬分。

皇上脾性古怪，喜怒難測，剛才給公主說的話，是照搬霍禹安慰他的話，他根本不信，公主卻一廂情願地相信了。

就剛才這幾句話，他已經又進賬千貫，霍禹的，上官安的，燕王的。

應不應該憑此消息，去訛詐孟玨一番？

霍禹向他打聽公主宴會，只是一件小事，可孟玨是個一心結交權貴的傻商人，只要和權貴有關的消息，和他開多少錢，都傻乎乎地給，不拿白不拿。

為了過乞巧節，雲歌和許平君一早就在做巧果。許平君還和族中的堂姐妹約好晚上一起去乞巧。

劉病已早上聽到她和雲歌商量時，並沒有反對，可下午和孟珏打發來的一個人低語幾句後，就不許她們兩個去了，說要和她們一起過乞巧節。

雲歌和許平君擺好敬神的瓜果，各種小菜放了滿滿一桌子。許平君笑拿了一個荷包遞給雲歌，「這是我抽空時隨手給妳做的。」

荷包上繡著朵朵白雲，繡工細密精緻，顯然費了不少功夫，雲歌心中感動，不好意思地說：「我沒有給姐姐做東西。」

許平君哈哈笑著：「這些菜不是妳做的嗎？我吃了，就是收了妳的禮。妳若想送我針線活，今天晚上還要好好向織女乞一下巧。」

雲歌笑嘟著嘴，「大哥，你聽到沒有？姐姐嘲諷我針線差呢！」

劉病已有些心不在焉，一直留意著外面動靜，聽到雲歌叫他，只是一笑。

因為農乃立國之本，所以歷代皇帝都很重視乞巧節，皇后會著盛裝向織女乞巧，以示男耕女織的重要。

由上而下，民間家家戶戶的女子也都很熱鬧地過乞巧節。女伴相約憑藉針線鬥巧，也可以同到瓜藤架下乞巧，看蜘蛛在誰的果上結網，就表明誰得到了織女的青睞。

還因為織女和牛郎的淒美傳說，乞巧節又被稱為「七夕」。這一天，瓜田李下，男女私會、暗定終身的不少，情人忙著偷偷見面，愛鬧的女伴們既要乞巧，還要設法去逮缺席的姐妹，熱鬧不下上元佳節。

往年的乞巧節，笑鬧聲要從夜初黑，到敲過二更後，可今年卻十分異常，初更後，街道上就一片死寂，只各家牆院內偶有笑語聲。

雲歌和許平君也漸漸察覺出異樣，正疑惑間，就聽到街上傳來整齊的步伐聲、金戈相擊的聲音。有軍人高聲喊：「各家緊閉門戶，不許外出，不許放外人進入，若有違反，當謀反論處！」

許平君嚇得立即把院門拴死，雲歌卻想往外衝，許平君拉都拉不住。

劉病已握住了雲歌正在拉門的手，「雲歌，孟玨不會有事，大哥給妳保證。」

雲歌收回了手，在院子裡不停踱著步，「是藩王謀反了嗎？燕王？廣陵王？還是……昌邑王？」

劉病已搖頭：「應該都不是，如果藩王造反，一般都是由外向內攻。或者和臣子聯合，內外呼應，臣子大開城門，引兵入城，而非現在這樣緊鎖城門，更像甕中捉鱉。」

于安接到手下暗線的消息，立即跑去稟告皇上，聲音抖得不能成話，「皇、皇上，上官大人暗中調了兵。」

劉弗陵騰地站起，這一天終於來了。

上官父子都出身羽林營，上官桀是左將軍，上官安是驃騎將軍。

經過多年經營，羽林營唯上官氏馬首是瞻，沒有皇帝手諭，上官父子能調動的兵力自是羽林營。

羽林營是父皇一手創建的剽悍之師，本意是攻打匈奴、保護皇上，現在卻成了權臣爭奪權力的利器，一直自視甚高的父皇在地下該做何想？

劉弗陵嘲諷一笑。

霍光的勢力在禁軍中，兒子霍禹和侄子霍雲是中郎將，侄子霍山是奉車都尉，女婿鄧廣漢是長樂宮衛尉，女婿范明友則恰好是負責皇帝所居的宮殿——未央宮衛尉。

霍光此時應該也知道了消息，他能調動的兵力肯定是禁軍。

禁軍掌宮廷門戶，皇帝安危全依賴於禁軍，算是皇帝的貼身護衛。禁軍調動應該只聽皇帝一人的命令，可現在，禁軍只聽霍光的命令，如同劉弗陵的咽喉緊緊被霍光的手扼住。

父皇，你當年殺母親是因為認為母親會弄權危害到我。如今呢？你親自挑選的輔政大臣又如何？

劉弗陵突然對于安說：「你立即派人去接阿姊進宮，就說今日是她的生辰，朕想見她。」

于安立即應「是」，轉身匆匆出去，不過一會功夫，又轉了回來，臉色鐵青，氣急敗壞地說：「皇上，范明友帶人封鎖了未央宮，不許奴才出未央宮，也不許任何人進出。」

「你們隨朕來。」劉弗陵向外行去，于安和幾個宦官忙緊隨其後。

范明友帶人擋在了劉弗陵面前。

范明友跪下說：「皇上，臣接到消息說有人謀反，為了確保皇上安全，請皇上留在未央宮內。」

劉弗陵手上的青筋隱隱跳動，「誰謀反？」

「大司馬大將軍霍大人正在徹查，等查清楚會立即來向皇上稟告。」

劉弗陵依舊向前行去，擋著他路的侍衛卻寸步不讓，手擱在兵器上，竟有刀劍出鞘之勢。隨在劉弗陵身後的宦官立即護在了他身前，起落間身手很不凡。

范明友跪爬了幾步，沉聲說：「所謂『良藥苦口、忠言逆耳』。古有大臣死諫，今日臣也只能以死冒犯皇上。請皇上留在未央宮內。即使皇上日後賜死臣，只要皇上今夜安全得保，臣死得心甘情願。」

宣德殿外，全是鎧甲森冷的侍衛。人人都手按兵器，靜等范明友吩咐。

于安哭向劉弗陵磕頭，「天已晚，求皇上先歇息。」

劉弗陵袖內的手緊緊拽成拳頭，微微抖著，猛然轉身走回了宣德殿。

劉弗陵抓起桌上的茶壺欲砸，手到半空卻又慢慢收了回去，將茶壺輕輕擱回了桌上。

于安垂淚說：「皇上想砸就砸吧！別憋壞了身子。」

劉弗陵轉身，面上竟然帶著一絲奇異的笑，「朕的無能，何必遷怒於無辜之物？早些歇息吧！結果已定。明日準備頒旨嘉獎霍光平亂有功就行。」

于安愣愣：「禁軍雖有地利之便，可若論戰鬥力，讓匈奴聞風喪膽的羽林營遠高於宮廷禁軍，兩敗俱傷更有可能。」

劉弗陵笑看著于安，語氣難得的溫和：「上官桀身旁應有內奸。范明友對答十分胸有成竹，若只是倉促間從霍光處得到命令，以范明友的性格，絕不敢和朕如此說話。上官桀的一舉一動都在霍光預料之內，表面上霍光未有動作，只是守株待兔而已。」

劉弗陵轉身向內殿走去，「朕現在只希望已經失勢的阿姊可以置身事外。」

于安聞言，冷汗顆顆而出。

公主生辰宴的事情，他已有聽聞，只是因為皇帝自甘泉宮回來後，就對公主十分冷漠，他未敢多提。想到公主宴請的賓客，上官桀、霍光、桑弘羊。

于安張了張嘴，可看到皇上消瘦孤單的背影，他又閉上了嘴。

老天垂憐！公主只是一介婦人，無兵無勢，不會有事，不會有事……

公主壽筵所請的人雖然不多，卻個個分量很重。

上官氏一族，霍氏一族，原本因為桑弘羊年齡太大，請的是桑弘羊的兒子桑安，可桑安因病缺席，公主本以為桑氏不會來人賀壽，但令公主喜出望外的是桑弘羊竟親自來了。

宴席上，觥籌交錯，各人的心情都是分外好。

經過多日冷清，公主府又重現熱鬧，公主的心情自然很好。

上官桀和上官安兩父子笑意滿面地看著霍光，頻頻敬酒。今日一過，明天的漢家朝堂就是上官家族的了。

霍光和霍禹兩父子也是談笑間，酒到杯乾，似乎一切盡在掌控中。

上官桀笑得越發開心，又給霍光倒了一杯酒，「來，霍賢弟再飲一杯。」霍光以為透過女兒霍憐兒掌握了上官氏的舉動，卻不知道上官氏是將計就計，霍憐兒冒險傳遞出去的消息都是上官氏的疑兵之計。

宴席間，氣氛正濃烈時，突聞兵戈聲，霍雲領著一隊宮廷禁軍，全副武裝、渾身血跡地衝進了公主府，「回稟大司馬大將軍，羽林軍謀反。未得皇命，私自離營，欲攻入未央宮。」

剎那間，宴席一片死寂。

只看禁軍已經將整個屋子團團圍住。上官桀神情大變，上官安大叫：「不可能！」

上官桀向前衝去，想搶一把兵器。

庭院中的霍雲立即搭箭射出。

上官桀捂著心口的羽箭，慘笑地看向霍光：「還是你……你更……更狠……」身子倒在了地上，眼睛卻依然瞪著霍光。

席上的女眷剛開始還在哭喊，看到上官桀命亡，卻突然沒了聲音。

一個個驚恐地瞪大著眼睛。

上官安怒叫一聲，猛然掄起身前的整張桌子，以之為武器向霍光攻去。

在這一瞬，被權利富貴侵蝕掉的剽悍將領風範，在上官安身上又有了幾分重現。

霍禹接過禁軍遞過的刀擋在了霍光身前。

霍憐兒大叫：「夫君，我爹答應過不殺你，你放下……你放下……」

上官安的腿被兩個禁軍刺中，身形立時不穩。

霍禹揮刀間，上官安的人頭落在了地上，骨碌碌打了轉，雙目依舊怒睜，正朝向霍憐兒，似乎質問著她，為什麼害死他？

霍憐兒的雙腿軟跪在了地上，淚流滿面，「不會……不會……」

霍成君和霍憐兒並非一母，往日不算親近，可面對此時的人間慘劇，也是滿面淚痕，想去扶姐姐，卻被母親緊緊抱著。

霍夫人把霍成君的頭按向自己懷中，「成君，不要看，不要看。」

兩個禁軍過來，護著霍夫人和霍成君出了大堂。

霍光看向桑弘羊，桑弘羊的兩個隨從還想拚死保護他，桑弘羊卻是朗聲大笑地命侍從讓開，拄著拐杖站起，「老夫就不勞霍賢弟親自動手了。當日先帝榻前，你我四人同跪時，老夫就已料到今日。同朝為官三十多年，還望霍賢弟給個全屍。」看了眼已經癱軟在地的公主，輕聲一嘆，「霍賢弟勿忘當日在先帝榻前發的毒誓，勿忘、勿忘……」說著，以頭撞柱，腦漿迸裂，立時斃命。

兩個隨從看了看周圍持著刀戈的禁衛，學著主人，都撞柱而亡。

丁外人跪在地上向霍禹爬去，身子抖成一團：「霍大人，霍公子，我一直對霍大人十分忠心，我曾幫霍公子……」

霍禹輕點了下頭，一個禁衛立即將劍刺入丁外人的心口，阻止了丁外人一切未出口的話。

從禁軍衝入公主府到現在，不過瞬間，就已是滿堂血跡，一屋屍身。

上官桀倒給霍光的酒，霍光還仍端在手中，此時笑看著上官桀的屍體，飲完了最後一口。

霍禹看了霍雲一眼，霍雲立即命令禁軍將所有堂內婢女侍從押下。

禁軍從公主府中搜出燕王送的重禮，還有半路截獲的公主和燕王的通信，霍光淡淡吩咐：「先將公主幽禁，等稟奏過皇上後，請皇上裁決。」

沒有一個人敢發出聲音。

寂靜中，霍憐兒的抽泣聲顯得格外大，她這才真正確認了夫君上官安的確已被自己的兄弟殺死。她從地上站起，顫顫巍巍地向霍光走去，眼睛直勾勾地盯著霍光，「爹爹，你不是答應過女兒嗎？你不是答應過女兒嗎？」

霍光溫和地說：「憐兒，天下好男兒多得是，上官安因為爹爹，近年對妳也不算好，爹爹會補償妳。」

霍憐兒淚珠紛紛而落，落在地上上官安的血中，暈出一道道血痕。

「爹爹，你是不是也不會放過靖兒？小妹呢？小妹是皇后，爹爹應該一時不會動她。靖兒呢？他是爹爹的親外孫，求爹爹饒他一命。」霍憐兒哭求。

霍光撇過了頭，對霍禹吩咐：「命人帶你姐姐回府。」

霍憐兒眼中只剩絕望。

霍禹去扶霍憐兒，霍憐兒順勢拔出了他腰間的刀，架在自己的脖上。

霍禹不敢再動，只不停地勸：「姐姐，妳的姓氏是霍，姐姐也還年輕，想再要孩子很容易。」

霍憐兒一邊一步步後退，一邊對著霍光笑說：「爹爹，你答應過女兒的，答應過女兒的……」

胳膊迴旋，血珠飛出。

刀墜，身落。

恰恰倒在了上官安的頭顱旁。

她用剛剛殺死過上官安的刀自刎而亡，似乎是給怒目圓睜的上官安一個交代。

雲歌三人一夜未睡，估計長安城內的很多人也都是一夜未合眼。

宵禁取消，雲歌急著想去找孟玨。

劉病已和許平君放心不下，索性陪著雲歌一起出門。

往常，天一亮就人來人往的長安城，今日卻分外冷清，家家戶戶仍深鎖著門。就是好財的常叔都不肯做生意，關門在家睡大覺。

反倒一品居大開了大門，恍若無事地依舊做著生意。

雲歌心中暗讚，不愧是百年老店，早已經看慣長安城的風起雲落。

許平君也嘖嘖稱嘆。

劉病已淡淡一笑，「聽說當年衛太子謀反時，衛太子和漢武帝兩方的兵力在長安城內血戰五日，長安城血流成河，一片蕭索，一品居是第一個正常恢復生意的店家。如今的事情和當年比，根本不算什麼。」

清晨的風頗有些冷，雲歌輕輕打了個寒顫。

她第一次直接感受到長安城一派繁華下血淋淋的殘酷。

一個俏麗的白衣女子攔住了他們，指了指一品居，笑說：「公子正在樓上，請隨奴婢來。」

雲歌三人跟在白衣女子身後進了一品居，白衣女子領著她們繞過大堂，從後面的樓梯上了樓，熟悉程度，不像顧客，更像主人。

白衣女子挑開簾子，請雲歌三人進。

孟玨正長身玉立於窗前眺望街道，窗上蒙著冰鮫紗，向外看，視線不受阻擋，外人卻難從外一窺窗內。

孟玨轉身時，面色透著幾分憔悴，對著劉病已說：「今日起，霍光就是大漢朝幕後的皇帝。」話語驚人，雲歌和許平君都不敢吭聲。

劉病已卻似對孟玨無前文無後文的話很理解，「你本來希望誰勝利？」

孟玨苦笑著揉了揉眉頭，對白衣女子吩咐：「三月，妳帶雲歌和平君先去吃些東西，再給我煮杯濃茶。」

雲歌和許平君彼此看了一眼，跟在三月身後出了屋子。

孟玨請劉病已坐，「兩敗俱傷當然是最好的結果，或者即使一方勝，也應該是慘勝，如今霍光卻勝得乾淨俐落。霍光的深沉狠辣遠超過我所料。」

劉病已說：「我只能看到外面的表相，如果方便，可否說給我聽聽？」

孟玨說：「上官桀本想利用公主壽筵，在霍光回府的路上伏殺霍光。卻不料他的一舉一動，霍光全知道。霍光在公主宴席中間提前發難，把上官桀、上官安、桑弘羊當場誅殺，之後命霍禹提著上官父子的人頭出現在本要伏殺他們的羽林軍前，軍心立散。審問後，嘴硬的立殺，剩下的個個都指證上官桀和上官安私自調動羽林軍，有謀反意圖。」

「上官桀怎麼沒有在公主府外暗中布一些兵力，和負責伏擊的羽林營相互呼應？」

「當然布了。不過因為霍光完全知道他的兵力布局，所以全數被禁軍誅殺，沒有一個能傳遞出消息。霍光明知道會血濺大堂，卻依然帶著女眷參加，上官桀在公主府外布置了兵力，又看到霍光帶著最疼愛的霍成君出席晚宴，以為霍光沒有準備，自己肯定萬無一失。」

劉病已問：「霍光怎麼會知道上官桀打算調兵伏殺他？」

孟玨喝了口濃茶，「上官安的夫人霍憐兒給霍光暗中通傳過消息，不過那些消息全是假的，霍憐兒的自責完全沒有必要。真正的內奸，霍憐兒和上官安只怕到死都沒有想到。」

「是誰？」

「上官安心愛的小妾盧氏。盧氏處處和霍憐兒作對，兩人針鋒相對了多年，霍憐兒一直把盧氏視作死敵，估計霍憐兒怎麼都不會想到盧氏竟是她的父親霍光一手安排給上官安的。上官桀發覺霍憐兒偷聽他們的談話後，本打算將計就計，讓霍憐兒傳出假消息，迷惑霍光，卻不料霍光另有消息管道。上官桀雖是虎父，卻有個犬子，估計上官桀根本想不到上官安竟然會把這麼重要的事情告訴小妾。」

劉病已笑：「自古皆如此，豪族大家的敗落都是先從內裡開始腐爛。霍光是什麼人？根本不需要詳細的消息。只要上官安在床榻上銷魂時，隨意說一句半句，霍光就有可能猜透上官家的全盤計畫。」

孟玨頷首同意。

劉病已輕嘆一聲，「霍憐兒不知道實情也好，少幾分傷心。」

孟玨唇邊一抹譏諷的笑：「你若看到霍憐兒死前的神情就不會如此說了。」

劉病已神情微變，「四個輔政大臣中，霍光最愛惜名聲。昨日公主宴席上的人只怕除了霍氏的親信，全都難逃一死。你既然事先知道可能有變，怎麼還跟去？不怕霍光動殺心嗎？」

孟玨苦笑：「霍光應該已經對我動了疑心，我昨日若不去，霍光為保事情機密，我的麻煩更大。」

劉病已笑起來：「常在河邊走，哪能不濕腳？」

孟玨神情鄭重：「在事情平息前，你幫我多留意著雲歌。」

劉病已點頭：「不用你說。現在宮內情形如何？」

孟玨搖了搖頭：「趁著昨夜之亂，霍光將禁軍換血了一次，把所有不合他意的統領全部換掉，現在宮禁森嚴，宮內究竟什麼情形，只有霍光知道。看昨日霍光的布局，他應該打算告上官桀、桑弘羊、上官安聯合燕王謀反，公主也牽連其中。」

劉病已大笑起來：「誰會相信？長安城內的兵力，從禁軍到羽林營都是上官桀和霍光的人，朝政被上官桀和霍光把持多年，皇上沒有幾個親信，當今皇后又是上官桀的孫女，假以時日，將來太子的一半血脈會是上官氏。燕王和上官桀有什麼關係？半點關係沒有。燕王可是要親信有親信，要兵有兵，幾個兒子都已經老大。上官桀還想殺了劉弗陵，立燕王？上官桀就是腦子被狗吃了一半，也不至於發瘋到謀反去立燕王。」

孟玨笑問：「從古到今，謀反的罪名有幾個不是『莫須有』？只要勝利方說你是，你就是。眾人巴結討好勝利者還來不及，有幾個還有功夫想什麼合理不合理？民間百姓又哪裡會懂你們皇家的這些曲折？」

劉病已沉默了下來，起身踱到窗邊，俯視著長安城的街道。

他半晌後悠悠說：「世事真諷刺！十多年前，李廣利、江充在明，鉤弋夫人、燕王、上官桀在暗，陷害衛太子謀反。當時，他們大概都沒有想到自己的下場。李廣利、江充搭進性命忙碌了一場，不過是為鉤弋夫人做了嫁衣裳。鉤弋夫人倒是終遂了心願，可還未笑等到兒子登基，就被賜死。上官桀如願藉著幼主，掌握了朝政，卻沒有想到自己的下場也是謀反滅族的大罪。這些人竟然沒有一個人能笑到最後。今日你我坐在這裡閒論他人生死，他日不知道等著我們的又是什麼命運？」

孟玨笑走到劉病已身側，「你算藉著霍光之手，得報大仇，應該開心才對。」

劉病已冷嘲，「你幾時聽過，自己毫無能力，假他人之手報了仇的人會開心？今日這局若是我設的，我也許會開心，可我連顆棋子都不是。」

孟玨微微一笑，「現在是我麻煩一身，你只需笑看風雲就行，即使要消沉，那人也應該是我，幾時輪到你了？」

劉病已想起往事的惆悵被孟玨的笑語沖淡，面上又掛上了三分隨意，三分慵懶的笑。

孟玨推開窗戶，望向藍天，「人生的樂趣就在未知，更重要的是拚搏的過程，結果只是給別人看的，過程才是自己的人生。正因為明日是未知，所以才有無數可能，而我要的就是抓住我想要的可能。」孟玨說話時，罕見地少了幾分溫潤，多了幾分激昂，手在窗外一揮，似乎握住了整個藍天。

雲歌在外面拍門，「你們說完了沒有？」

劉病已去拉開了門，牽起許平君向樓下行去。

雲歌忙問：「你們去哪裡？」

許平君笑著回頭：「妳心裡難道不是早就巴望我們這些閒人迴避嗎？」

雲歌皺了皺鼻子，正想回嘴，孟玨把她拉進了屋子，一言未發地就把她攬進懷中。

雲歌緊張得心怦怦亂跳，以為孟玨會做什麼，卻不料孟玨只是安靜地抱著她，頭俯在她的頭上，似有些疲憊。

雲歌心中暗嘲自己，慌亂的心平復下來，伸手環抱住了孟玨。

他不言，她也不語。

只靜靜擁著彼此，任憑窗外光陰流轉。

未央宮。

劉弗陵正傾聽著霍光奏報上官桀夥同燕王謀反的罪證。

燕王本就有反心，他的謀反證據根本不用偽造都是一大堆。上官桀、上官安近來與燕王過從甚密，且私自調動羽林營，再加上人證、物證，也是鐵證如山。公主之罪有物證，書信往來，還有公主的侍女作證。

霍光羅列完所有書信、財物往來的罪證後，請求劉弗陵立即派兵圍攻燕國，以防燕王出兵。

面對霍光如往日一般的謙恭態度，劉弗陵也一如往日的不冷不溫：「一切都准你所奏。立即詔告天下，命田千秋發兵燕國，詔書中寫明只燕王一人之過，罪不及子孫。大司馬既然搜集的罪證如此齊全，想必留意燕王已久，他身邊應有大司馬的人，燕王即使起事，朕也應該不用擔心兵亂禍及民間。」

霍光應道：「臣等定會盡力。」

劉弗陵道：「燕王和鄂邑蓋公主雖然有罪，畢竟是朕的同胞兄姊，朕若下旨殺他們，日後恐無顏見父皇，將他們幽禁起來也就是了。」

霍光還想再說，劉弗陵將國璽放在霍光面前：「你若不同意朕的意思，盡可以自己頒旨蓋印。」

劉弗陵的一雙眼睛雖像漢武帝劉徹，但因為往日更多的神情是淡漠，所以原本的八分像只剩了三分。

此時眼神凌厲，暗藏殺氣，正是霍光年輕時，慣看的鋒芒。

霍光心中一震，不禁後退了一步，一下跪在地上，「臣不敢。」

劉弗陵收回了國璽，沉吟未語。

既然走到這一步，現在只能盡力避免因為權力之爭引起戰事禍亂百姓。

一瞬後，劉弗陵說：「傳旨安撫廣陵王，同時加重廣陵國附近的守兵，讓廣陵王不敢輕舉妄動。如果三天之內不能讓燕王大開城門認罪，大司馬應該能預想到後果。」

霍光面色沉重地點了下頭，「臣一定竭盡全力，昌邑國呢？需不需要……」

「不用管昌邑王。」劉弗陵說完，起身出了殿門。

于安跟在劉弗陵身後，看劉弗陵走的方向通往皇后所居宮殿——椒房宮。心中納悶，一年都難走一次，今日卻是為何？

椒房宮外的宮女多了好幾個新面孔，一些老面孔已經找不到。

于安恨嘆，霍光真是雷霆手段。

宮女看見皇帝駕臨，請安後紛紛迴避。

劉弗陵示意于安去打開榻上的簾帳。于安欲掀，裡面卻有一雙手拽得緊緊，不許他打開。

于安想用強，劉弗陵揮了揮手，示意他退下，去屋外守著。

「小妹，是朕，打開簾子。」

一會後，簾子掀開了一條縫，一張滿是淚痕的臉露在帳子外，「皇帝大哥？奶娘說我爺爺、我

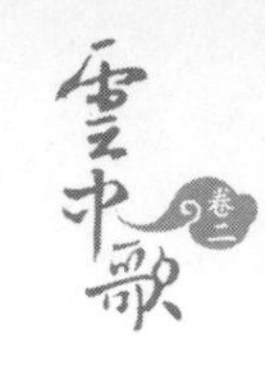

奶奶、我爹爹、我娘親、我弟弟，我的蘭姑姑都死了，真的嗎？」

劉弗陵輕輕頷了下首。

上官小妹的眼淚落得更急，張著嘴想放聲大哭，卻掃了眼殿外，不敢哭出聲音，「爹不是說，如果我進宮來住，他們就會過得很好嗎？」

劉弗陵說：「小妹，我現在說的話很重要，妳要認真聽。妳今年十三歲，已經是大人了，大人就不該再總想著哭。妳外祖父處理完手頭的事情就會來看妳，妳若還在哭，他會不高興，他若不高興……」

小妹身子往床榻裡面蜷了蜷，像一隻蝸牛想縮進殼裡躲藏，可她卻沒有那個殼，只能雙手環抱著自己，「我知道，外祖父若不高興，就會也殺了我。」

劉弗陵呆了下，「看來妳真長大了。如果外祖父問妳，想念爹娘嗎？妳該如何回答？」

小妹一邊抹著眼淚，一邊說：「我就說，我六歲搬進宮來住，和他們很少見面，雖知道爹娘應該很好，可怎麼好卻實在說不上來，雖然很想娘親，可有時候覺得日常照顧我起居的宮女姐姐更親切。」

劉弗陵讚許地點點頭，「聰明的小妹，這幾年，妳在宮裡學了不少東西。」

劉弗陵起身，向外行去。

小妹在他身後叫道：「皇帝大哥，你什麼時候再來看我？」

劉弗陵腳步頓了頓，卻沒有回答小妹的問題，身影依舊向前行去。

殿堂寬廣，似乎無邊，小妹定定看著那一抹影子在紗簾間越去越淡。

終於，消失不見。

只有還輕輕飄動的紗簾提醒著她，那人真的來過這裡。

小妹放下紗帳，隨手抓起一件衣服塞進嘴裡，把嘴堵得嚴嚴實實，眼淚如急雨，雙手緊握成拳，瘋狂地揮舞著，卻無一點聲音發出。

簾帳外。

馨甜的熏香繚繚散開。

一屋幽靜。

第十六章 結同心

孟珏以手為簪，將烏髮纏繞到手上，替雲歌綰住了一頭的髮，而雲歌的髮也纏纏繞繞地綰住了他的手……

孟珏笑咬著雲歌的唇，喃喃說：「綰髮結同心。」

七里香雖然已經開門，生意卻依然冷清。

許平君瞟了眼四周，見周圍無人，湊到雲歌耳邊小聲問：「妳忙完了嗎？忙完了，今日我們早點走。」

雲歌詫異地問：「大哥不是囑咐過我們，他來接我們一塊回去的嗎？不等大哥嗎？」

許平君臉有些紅，低聲說：「我想去看大夫，身上已經一個月沒有來了，我懷疑，懷疑是……」

雲歌皺著眉頭想了會兒：「估計是妳日常飲食有些偏涼了，應該沒有大礙。這個月多吃些溫性食物。」

許平君輕擰了雲歌一把，「真是笨！我懷疑我有了。」

雲歌還是沒有反應過來，呆呆問：「妳有了什麼？」

許平君翻了個白眼，先前的幾分羞澀早被雲歌氣到了爪哇國，「有孩子了！」

雲歌呆了一瞬，猛然抱住許平君，卻又立即嚇得放開她，好像抱得緊一些都會傷到孩子。

雲歌小心翼翼地碰了碰許平君的腹部，興奮地說：「待會大哥肯定高興死。我現在就找人去找大哥。」

許平君拉住雲歌的手：「我還不敢肯定，所以想自己先去看大夫，等確定了再告訴病已。說不定是我空歡喜一場呢！」

雲歌點頭：「也是，那我們現在就走。」

當大夫告訴許平君的確是喜脈時，許平君和雲歌兩人喜得連話都說不完整。

一向節儉的許平君更是破天荒頭一遭，給大夫額外封了一些錢，一連聲地「謝謝、謝謝、謝謝……」

謝得年輕的大夫不好意思起來，對著許平君說：「不用謝了，不用謝了。要謝該去謝妳家夫君，這可不是我的功勞。」

一句急話又是一句錯話，大夫鬧了個滿面通紅，不過終於讓許平君的「謝謝」停了下來。

雲歌捶著桌子險些笑倒。

雲歌和許平君出醫館時，天色已黑。

兩人都十分興奮，雲歌笑著說：「好了，從今日起，妳的飲食我全權負責。安胎藥最好不吃，畢竟是藥三分毒，我回去仔細看看書，再讓孟玨給妳診脈，一定……」

雲歌忽覺得巷子異常安靜，幾分動物的本能讓她立即握著許平君的胳膊跑起來，卻已是晚了。幾個蒙面大漢前後合圍住了她們。

雲歌顧及到許平君，立即說：「你們要誰？不管你們出於什麼目的，抓我一個就夠了。」

一個人微哼了一聲：「兩個都要。」

許平君抓著雲歌的手，身子抖得不成樣子，「我們沒有錢，只是普通百姓。」

雲歌輕握住許平君的手，「我們會聽話地跟你們走，不要傷到我們，否則魚死網破，一拍兩散。」

領頭的人聳了聳肩，似乎對自己如此容易就完成了任務，十分詫異，向其餘人揮了下手，命他們把雲歌和許平君塞進一輛捂得嚴嚴實實的馬車，一行人匆匆離開。

許平君摸著自己的腹部，哀愁地問：「他們是什麼人？」

雲歌搖了搖頭：「妳沒有錢，我沒有錢，妳沒有仇家，我沒有仇家，這件事情只能問孟玨或者大哥了。姐姐不用擔心，他們沒有當場下毒手，反而帶走我們，就證明是用我們向孟玨或者大哥提要求，既然如此，就暫時不用擔心。」

許平君無奈地點了點頭，靠在了雲歌肩頭。

也許因為孩子，許平君比平時多了幾分嬌弱。雲歌突然之間有一種她需要保護兩個人的責任。

雲歌忽然摸到孟玨當日贈她的匕首，因為這個匕首打造精美，攜帶方便，割花草植物很好用，所以一直隨身帶著。

雲歌低聲和許平君說：「假裝哭，不要太大聲，也不要太小聲。」

許平君雖莫名其妙，但素來知道雲歌鬼主意最多，所以嗚嗚咽咽地假裝哭起來。

雲歌嘴裡假裝勸著她，手下卻是不閒，掏出匕首，掀開馬車上的毯子，沿著木板縫隙，小心地打著洞。

等鑽出一個小洞時，雲歌把匕首遞給許平君，示意她收好。

雲歌掏出幾個荷包，打開其中一個，裡面裝著一些胡椒子，她小心地握著胡椒子，胡椒子順著小洞，一顆顆滑落。可是馬車還未停，胡椒子就已經用完，雲歌只能把荷包裡所有能用的東西都用上。

看馬車速度慢下來，雲歌立即把毯子蓋好，抱住了許平君，好似兩個人正抱頭哭泣。

雲歌和許平君都被罩著黑布帶下了馬車。

等拿下黑布時，她們已經在一個屋子裡，雖然簡陋，但被褥齊全，沒多久還有人送來食物。

雲歌囑咐許平君先安靜休息一夜，一則，靜靜等待孟玨和劉病已來救她們，二則，如果孟玨和劉病已不能及時來，她們需要設法逃走的話，必須有好的體力。

許平君小聲問：「妳的法子能管用嗎？」

「不知道，看孟玨和大哥能不能留意到，也要盼今夜不要下雨。」

許平君本來心緒不寧，可看雲歌睡得安穩，心裡安定下來，也慢慢睡了過去。等她睡著，雲歌反倒睜開了眼睛，瞪著屋頂，皺著眉頭。

怕什麼來什麼，想著不要下雨，雲歌就聽到風聲漸漸變大，不一會，雨點就敲著屋簷響起來。

雲歌鬱悶地想，難道老天要和我玩反的？那老天求求你，讓我們都被抓起來吧！轉念間，又不敢再求，萬一好的不靈壞的靈呢？還是自力更生，靠自己吧！

許平君被雨聲驚醒，發愁地問：「雲歌，我們真能安全回家嗎？」

雲歌笑說：「會呀！孟玨和大哥應該早就發覺我們失蹤了，也許已經發現我丟下的胡椒，即使不能直接找到我們，至少有眉目可以追查，而且下雨有下雨的好處，下雨時，守衛就會鬆懈，方便我們逃走。」

第二日。

雨仍舊沒完沒了地下著，看守她們的人不跟她們說話，卻會很準時地送飯菜。

雲歌看出這些人都是經過訓練的人，並非一般的江湖人。

她不知道這些人究竟想要用她們要脅孟玨和大哥去做什麼，可身體內的一點動物知覺，讓她從這些人的眼神中，感覺到了殺意。他們看她和許平君的眼光像狼看已經臣服在爪下的兔子，恐怕不管孟玨和大哥是否按照他們所說的去做，他們都會殺了她和許平君。

雲歌本來更傾向於等孟玨來救她們，此時卻知道必須要自救。

好不容易挨到天黑，雲歌讓許平君退開幾步，小心地打開一個鹿皮荷包。

一隻嬰兒拳頭大小的蜘蛛從裡面慢悠悠地爬出。

雲歌靜靜退開，只看蜘蛛不緊不慢地從窗口爬了出去。

許平君小聲問：「那個東西有毒？」

雲歌點點頭：「前兩日我花了好多錢向胡商買的，是毒藥卻也是良藥。這種蜘蛛叫做『黑寡婦』，偶爾會以雄蛛為食。這隻蜘蛛是人養的，為了凝聚牠體內的毒性，自小的食物就是雄蛛，下午守衛進來送飯時，我在兩個守衛的身上下了雄蛛磨成的粉，牠此時餓了兩天，肯定會聞味而去，剩下的就要看運氣了。」

許平君悄悄伏在門邊，緊張地傾聽著外面的動靜。

雲歌用匕首，把被子小心地劃開，被面給許平君做了雨披，裡子全部劃成布條，一節節打成死結後，連成了一條繩子。

因為雨大夜黑，除了偶有巡邏的守衛經過，其他人都在屋裡飲酒吃菜。

看守雲歌和許平君的兩人卻要在屋簷下守夜，心緒煩躁，根本沒有留意地面上靜靜爬著的危險。

黑寡婦在分泌毒藥的同時先會分泌出一種麻醉成份，將被咬的獵物麻醉。

一個守衛不耐煩地搓著手。

一個低聲說：「再忍一忍，今天晚上就會做了她們，說不定過一會，頭兒就會來通知我們了。」

兩個人忽然覺得十分困倦，一個實在撐不住，說了聲「我坐會兒」，就靠著門坐下，另外一個

也坐了下來。

不一會，兩人都閉上了眼睛。

許平君朝雲歌打手勢，雲歌點了下頭，先讓許平君拿了大蒜往鞋子上抹。

「黑寡婦很討厭大蒜味。不知道牠鑽到哪裡去了，還是小心一些的好。」

許平君一聽，立即往手上、臉上、脖子上都抹了不少。

雲歌笑著把自己做好的雨披罩在許平君身上。

許平君知道自己有孩子，也未和雲歌客氣，只重重握了下雲歌的手。

雲歌拿匕首小心地將門有鎖的那塊，連著木板削了下來。

一開門，兩個守衛立即倒在了地上，許平君驚恐地後退了一大步：「他們都死了嗎？」

「沒有，沒有，大概只是暈過去了，許姐姐快一點。」雲歌哄著許平君從兩人的屍體上跨過去，把匕首遞給許平君，指了指依稀記著的方向：「妳向那邊跑，我馬上來。」

「妳呢？」

「我要偽裝一下這裡，拖延一些時間，否則巡邏的人往這裡一看，就知道我們跑了。」

雲歌強忍著害怕將門關好，將兩個守衛的屍體一邊一個靠著門框和牆壁的夾角站好。遠看著，沒有任何異樣。

雲歌追上許平君時，面孔蒼白，整個身子都在抖。

許平君問：「雲歌，妳怎麼了？妳嘔吐過？」

雲歌搖頭：「我沒事，我們趕緊跑，趁他們發現前，儘量遠離這裡。」

兩個人貓著腰，在樹叢間拚命奔跑。跑了一段後，果然看到當日馬車停下來的高牆。

雲歌的武功雖差，可藉著樹，還能翻過去，許平君卻是一點功夫都沒有。

「我先上去，把繩子找地方固定好。」

雲歌匆匆爬上樹，藉著枝條的盪力，把自己盪到了牆頂上，將匕首整個插入牆中，把布條做的繩子在匕首把上綁好，才垂下繩子，「許姐姐，快點爬上來。」

許平君看著高高的牆，搖了搖頭，「我爬不上去。」

雲歌著急地說：「姐姐，妳可以爬上來。」

許平君還是搖頭：「不行！萬一摔下來了呢？」

雲歌想了一瞬，跳了下去，蹲在地上，「許姐姐，妳拽著繩子，踩在我肩膀上。我慢慢站起來，等我全站起來時，妳的頭已經離牆頭只有兩人高的距離了，妳一定可以爬上去，我會在下面保護妳，絕對不會讓妳摔著。」

許平君的手放在腹部還在猶豫，雲歌說：「許姐姐，他們會殺我們的，我感覺到了，所以我們一定要逃。」

許平君咬了咬牙，站到了雲歌肩膀上。

做了母親的人會格外嬌弱，可也格外勇敢。

雲歌在下面緊張地盯著許平君，她看到許平君的害怕，看到許平君才爬了一半時，已經力氣用盡的掙扎。

雲歌一面緊張地伸著手，一面不停地說：「還有一點就快到了，還有一點就快到了。」

隱隱聽到紛亂的人語聲和腳步聲。

雲歌不能回頭看，也不能爬上牆，只盯著許平君，一遍遍鼓勵著許平君爬到牆頂。

許平君叫：「雲歌，他們追來了，妳……妳快上來，不要管我了。」

雲歌罵起來：「許平君，我要管的才不是妳，誰喜歡管妳這個沒用鬼？我管的是妳肚子裡的孩子，妳還不爬，妳想害死孩子嗎？大哥會恨妳的。」

許平君聽著身後的人語聲、腳步聲越來越近。她一面哭著，一面想著孩子，體內又有了一股力氣，讓她爬上牆頂。

雲歌立即說：「把繩子拽上去，然後順著繩子滑下去，這個很簡單，快走！」

許平君居高臨下，已經看到一大群手持兵器的人，她哭著問：「妳呢？妳快上來。」

雲歌朝她不屑地撇了下嘴：「我走另外一條路。我有武功，沒了妳這個拖累，很容易脫身，妳快點下去，別做我的拖累！」說完，就飛掠了出去。

追兵聽到雲歌在樹叢間刻意弄出的聲音，立即叫道：「在那邊，在那邊！」

許平君一邊哭著，一邊順著繩子往下滑。

雙腳一落地，她立即踉踉蹌蹌地拚命跑著，心中瘋狂地叫著「病已、病已，孟玨、孟玨，你們都在哪裡？你們都在哪裡？」

臉上的淚水，天上的雨水，漆黑的夜，許平君滿心的絕望。

都是因為她要偷偷去看大夫，如果不是她要去看大夫，就不會被人抓走；都是因為她這個拖累，否則雲歌早已經逃掉。全是她的錯！

漫天的雨，四周都是漆黑。

許平君只知道跑，卻不知道如何才能跑出黑暗，想到雲歌此時的境遇，她再難壓抑心中的悲傷，對著天空吼了出來：「病已，病已，你們究竟在哪裡？」

不料竟然聽到：「平君，平君，是妳嗎？」

「是我，是我！」許平君狂呼，大雨中，幾個人影出現在她面前。她看到劉病已的瞬間，身子軟了下去。

劉病已立即抱住了她，她哭著喊：「去救雲歌，快去，快去，要不然就晚了……」

孟玨臉色煞白，將身上的雨篷扔給劉病已，立即消失在雨幕中。

劉病已看了看孟玨消失的方向，又看了看虛弱的許平君，頓住了欲動的身形，對身後陸續而來的游俠客們大聲說：「病已的朋友還困在裡面，請各位兄弟配合孟玨兄先救人。」

有人一邊飛縱而去，一邊笑問：「救了人之後，我們可就大開殺戒了，老子許久沒有用人肝下酒了。」

劉病已豪爽地大笑道：「自然！豈能不盡興而回？」低頭間，語聲已經溫和：「我先送妳回家。」

許平君搖頭：「我要等救到雲歌再走，我們是一塊來的，自然該一塊走。」

劉病已問：「妳身體吃得消嗎？」

許平君強笑了笑：「就是淋了些雨，我是恐懼、害怕更多。」

劉病已未再多言，用孟玨的雨篷把許平君裹好，抱著許平君追眾人而去。

劉病已護著許平君站在牆頭一角，俯瞰著整個宅院。

許平君只覺突然置身於另外一個世界。

有人胖如水缸，慈眉善目，有人瘦如竹竿，兇神惡煞，有嬌媚如花的女子，也有冠袍齊整的讀書人，卻個個身手不凡，一柄扇子，一把傘，甚至輕輕舞動的綢帶，都可以立即讓敵人倒下。有兩三個是她認識的，更多的是她從未見過的面孔。即使那些熟悉的面孔，現在看來，也十分陌生。

許平君小聲問：「這就是傳說中隱藏行蹤的江湖游俠客、嫉惡如仇的綠林好漢嗎？」

「嗯。」

「都是你的朋友？」

「嗯。」

許平君和劉病已認識已久，雖然劉病已的脾氣有時候有些古怪，有些摸不透，可她一直覺得自己還是瞭解劉病已的。

可現在她有些困惑，她真的瞭解劉病已嗎？

劉病已的眉目間有任情豪俠，可流露更多的卻是掌控蒼生性命、睥睨天下的氣勢。許平君忽然覺得即使當日看到的廣陵王和劉病已比起來，氣勢也差了一大截。

突然看到何小七手中的長刀揮過，一個人的人頭飛了起來，許平君不禁失聲驚呼。她猛然意識到，那些倒下的人不僅僅是倒下。她胃裡一陣翻滾，身子搖晃欲墜。幸虧劉病已一直摟著她的腰，才沒有跌下去。

劉病已輕輕把她的臉按到自己的肩頭，用斗篷帽子遮住了外面的一切：「不要看了，也不要多想，這些人都是壞人，是罪有應得。」

劉病已卻是淡然地看著越來越血腥的場面，甚至看的興趣都不是很大，只是目光在人群中移動，搜尋著熟悉的身影。

待看到孟玨懷裡抱著的人，他輕吁了口氣，笑著將手放到嘴邊，打了個極其響亮的呼哨，底下一片此起彼落的呼應聲，緊接著就是一人不留的血腥屠殺。

劉病已抱著許平君落下牆頭，「雲歌受傷了嗎？」

孟玨搖搖頭，又是好笑又是無奈：「有些擦傷，都不要緊。她是自己把自己給嚇暈了。她殺了個人，估計是第一次殺人，本來就嚇得要死，結果那人沒死透，雲歌跑時被他拽住了腳，她一看那人狀如厲鬼的樣子，就暈了過去，幸虧二月及時找到她，否則……」

「我以前和她去過墓地，看她膽子挺大，沒想到……」劉病已搖頭笑起來，孟玨身後的隨從也都笑起來。

許平君此時高懸的心才放了下來，又是笑又是哭地罵：「還說自己會武功，原來就這個樣子！」

正說著，劉病已的朋友陸續出來，衝劉病已抱抱拳，大笑著離去。

許平君不怎麼敢看他們，眼睛只能落在孟珏的方向。幸虧孟珏的侍從也如他一般，個個氣度出眾，女子若大家小姐，男子像詩書之家的公子。

劉病已笑望著已經再無一個活人的宅院：「這場大雨，什麼痕跡都不會留下。」

孟珏對劉病已讚道：「快意恩仇，王法若閒，殺人事了去，深藏身與名，難怪司馬遷會特意為刺客和遊俠列傳。」

馬車已到，二月挑起了簾子，請他們上車。

上了車，孟珏笑向許平君說：「我給妳把一下脈。」

許平君臉紅起來：「孟大哥知道了？」

孟珏笑著點頭：「猜到妳的心思，知道妳肯定想自己親口告訴他，所以還替妳特意瞞著他。」

劉病已笑問：「你們兩個說的什麼謎語？」

許平君低著頭把手伸給孟珏，孟珏診完後，笑說：「沒什麼，雖然淋了點雨，受了些驚，但妳身體往日很好，回去配幾副藥，好好調理一下就行，不過以後可不能再淋雨了，不是每次都會如此幸運。」

許平君猶有餘驚地點頭，「你們如何找到我們的？」

劉病已回道：「要多謝雲歌的胡椒子。胡椒是西域特產，一般百姓見都沒見過，除了雲歌，還能有誰會把這麼貴重的調料四處亂扔？雖然我們發現得晚，但畢竟給了提示。」

雲歌現在才悠悠醒轉，眼睛還沒有睜，已經在大喊：「不要抓我，不要抓我！」

許平君剛想笑著提醒，孟玨卻示意她別吭聲，抓著雲歌的腳笑問：「是這樣抓著妳嗎？」

雲歌身子在抖，聲音也在抖：「別抓我，別抓我，我沒想殺你，是你要先殺我，我不想殺你的……」

孟玨本想捉弄一下雲歌，此時才發現，雲歌真被嚇得不輕，不敢再逗她，輕拍著她的臉頰：「雲歌，是我。」

雲歌睜開眼睛看到孟玨，害怕的神色漸漸消失，怔了一會，猛然打起孟玨來：「你怎麼現在才來？你怎麼那麼笨？我還以為你很聰明！我殺了三個人……嗚嗚……我殺了三個人……我還碰了他們的屍體，軟軟的，還是溫的，不是冷的……世上究竟有沒有鬼？我以前覺得沒有，可我現在很害怕……嗚嗚……」

雲歌打著打著，俯在孟玨懷裡哭起來。

孟玨輕搖著雲歌，在她耳邊哄道：「我知道，不怪妳，不怪妳，這些人命都算在我頭上，閻王不會記在妳帳上的。」

許平君不好意思地撇過頭，劉病已挑起簾子一角，把視線移向了窗外。

雲歌把第一次殺人後的恐懼全部哭出來後，漸漸冷靜下來，等發現馬車裡還有別人時，立即鬧了個大紅臉，用力掐了下孟玨，瞪著他，怨怪他沒有提醒自己。

孟玨笑抽了口冷氣，拽住雲歌的手，不讓她再亂動。

雲歌笑瞟了眼劉病已，看向許平君，許平君笑著搖搖頭。

雲歌一面看著劉病已，一面笑得十分鬼祟。劉病已揉了揉眉頭：「妳們什麼事情瞞著我？」

雲歌斂了嘻笑，凶巴巴地問：「我和許姐姐究竟是因為你們哪一個遭了無妄之災？」

劉病已隨手幫許平君整了下她身後有些歪斜的靠墊，胳膊交握在胸前，懶洋洋地側躺到許平君身旁，笑著說：「沒我的事，問我們的孟大公子吧！」

孟玨先向許平君行了一禮賠罪，又向劉病已行了一禮賠罪，「燕王狗入窮巷，想用妳們兩人要脅我幫他刺殺霍光。」

雲歌不解地問：「那抓我不就行了，幹麼還要抓許姐姐？」

孟玨早已猜到原因。燕王曾看到過他和許平君在一起，而自己當時因為幾分私心，故意混淆了燕王的視線，沒有料到雲歌後來會自己跑到燕王面前去。雖然許平君已經嫁了他人，但燕王為了確保萬無一失，就把雲歌和許平君都抓了起來。

孟玨雖心中明白，口上卻只能說：「大概妳們兩個恰好在一起，怕走漏消息，就索性兩個人都抓了。」

雲歌問：「刺殺霍光還不如刺殺燕王，燕王已經無足輕重，霍光卻是隻手可遮天，你們怎麼辦了？」

孟玨和劉病已相視一眼，孟玨說：「我和病已商量後，就直接去見了霍光，將燕王想借我之力刺殺他的事情告訴霍光，我配合霍大人盡力讓燕王早日放棄頑抗，病已則全力查出妳們的所在。下午接到飛鴿傳書，燕王已經畏罪自盡了。」

孟玨輕描淡寫地就把一個藩王的死交代了過去。

「啊？」雲歌十分震驚：「燕王不像是會自殺的人，他更像即使自己死，也一定拚一個魚死網破的人。敵人死一個，他平了，敵人死兩個，他賺了。何況皇上不是沒有賜死他嗎？他自盡什麼？要不甘心，就索性開始打，要想苟活，就認個罪，然後繼續好吃好喝地活著。」

孟珏和劉病已的視線交錯而過，孟珏笑著說：「皇上的大軍已經兵臨城下，燕王大概因為做皇帝的夢破了，一時想不通就自盡了。雲歌，妳想這麼多做什麼？他死他生，和妳都沒有關係。」

雲歌哼了一聲：「沒有關係？沒有關係？我今晚怎麼……」說著又難受起來。孟珏握住了她的手：「都過去了，我保證以後不會再有這樣的事情。」

雲歌朝孟珏強笑了笑：「我沒有怪你。」

孟珏淡淡笑著，眼睛裡卻有幾分心疼：「我怪我自己。」

許平君咳嗽了幾聲：「我胳膊上已經全是雞皮疙瘩了。」

雲歌立即紅了臉，閉上眼睛裝睡：「我睏了，先睡一會。」

雖然吃了孟珏配置的安神藥，可雲歌一時間仍然難以揮去第一次殺人的陰影，晚上，常常被噩夢驚醒。

孟珏和雲歌都是不管世俗的人，見雲歌如此，孟珏索性夜夜過來陪著雲歌。

兩人隔簾而睡。雖一時間不能讓雲歌不再做噩夢，但至少雲歌做噩夢時，有人把她從噩夢中叫醒，把她的害怕趕走。

劉病已知道許平君懷孕的消息後，又是悲又是喜，面上卻把悲都掩藏了起來，只流露出對新生命的期待。

他買了木頭，在院子中給嬰兒做搖籃，還打算再做一個小木馬。

他不許許平君再操勞，把家裡的活都攬了過去，做飯有雲歌負責，洗碗、洗衣、打水、釀酒就成了他的事情。

許平君嘮叨：「讓別人看見你一個大男人給妻子洗衣服該笑話你了。」

劉病已笑著說：「是不是大丈夫和洗不洗衣服沒有關係，再說，怎麼疼妻子是我的事情，和別人何關？」

許平君心裡透著難言的甜，常常是劉病已在院子中做搖籃，她就在一旁給嬰兒做著衣服。

陽光透過樹蔭灑進院子，清麗明媚。

她做累了，一抬頭就能看到彎著腰削木頭的劉病已，不禁會有一種幸福到恍惚的感覺。

從小到大，在苦苦掙扎的日月間，她總是盼著實現這個願望，實現那個願望。第一次，她心滿意足地渴盼著時光能停在這一刻。

手輕輕放在腹部，她在心裡說：「寶寶，你還未出生，就有很多人疼你，你比娘親幸福呢！不管你是男孩還是女孩，爹和娘都會很疼你。你會有一個很疼你的姑姑，將來還會有一個很能幹的姑父。」

大清早，孟玨就出門而去，未到中午又返了回來，要雲歌陪他去一趟城外。

孟玨未用車夫，自己駕馬車載著雲歌直出長安。

雲歌坐在他身側，一路嘀嘀咕咕不停，東拉西扯，一會說她的菜，一會說她讀到的哪句詩詞，一會說起她的家人。講到高興時，會自己笑得前仰後合，講到不開心時，會皺著眉頭，好像別人欠了她的錢。

孟玨只是靜聽，笑容淡淡，表情並未隨著雲歌的談笑而起伏。可他會遞水囊給雲歌，示意雲歌喝水；也會在太陽大時，拿了斗笠罩到雲歌頭上；還會在雲歌笑得直打跌時，騰出拽馬韁的手，扶著雲歌的胳膊，以防她跌下馬車。

等馬車停在一座莊園前，雲歌才反應過來孟玨並非帶她出來遊玩。

門匾上寫著「青園」兩字，園子雖維護得甚好，可看一草一木、一廊一柱，顯然頗有些年頭，雲歌低聲問：「這是誰家園子？」

孟玨握住雲歌的肩膀，神情凝重：「雲歌，還記得上次我帶妳見過的叔叔嗎？」

雲歌點頭。

「這也是他的產業，風叔叔病勢更重了，藥石已無能為力，今日怕是最後一次見他。過一會，不管風叔叔和妳說什麼話，都不要逆了他的心意。」

雲歌用力點頭：「我明白了。」

孟玨握住了雲歌的手，帶著她在迴旋的長廊上七拐八繞，不一會到了一座竹屋前。

孟玨示意雲歌在外面等著，自己挑了簾子先進去，到了裡屋，他快走幾步，屈膝半跪在榻前，「小玨來向風叔請罪。」

有小廝來扶陸風坐起，放好軟墊後又悄悄退了出去。

陸風凝視著孟玨半晌都沒有說一句話。孟玨也是一言不發，只靜靜跪著。

陸風似有些累了，閉上了眼睛，嘆了口氣，「挑唆著燕王謀反，激化上官桀和霍光的矛盾，該死的都死了，現在霍光一人把持朝政，你可滿意？小玨，你的心真大，難怪九爺不肯把西域的產業交給你。」

陸風聽到屋外女子和小廝說話的聲音，「你帶了誰來？雲歌嗎？」

孟玨回道：「是雲歌，怕叔叔病著不願意見客，就沒敢讓她進來。」

陸風打斷了他的話，怒道：「不敢？你別和我裝糊塗了，叫雲歌進來。」

雲歌進來後，看孟玨跪在榻前，也立即上前跪了下來。榻上的人雖然面色蠟黃，可眼神仍然銳利，也沒有一般病人的味道，收拾得異常乾淨整潔。

陸風看著雲歌，露了笑意：「丫頭，我和妳非親非故，妳為什麼跪我？」

雲歌紅著臉偷瞟了孟玨一眼，雖然是低著頭，語氣卻十分坦然：「你是孟玨的長輩，孟玨跪你，我自然也該跪你。」

陸風笑著點了點頭：「好孩子，妳這是打算跟著小玨了嗎？」

雲歌搖了搖頭：「不是。」

陸風和孟玨都是一怔，孟玨側頭看向雲歌，雲歌朝他一笑，對陸風說：「不是我跟著他，也不是他跟著我，是我們在一起，是我們一起走以後的路。」

陸風大笑起來：「真是玉……和……女兒……」話說了一半，陸風劇烈地咳嗽起來，孟玨忙幫他捶背，又想替他探脈，陸風擺了擺手，「不用費事，就那個樣子了，趁著能笑再多笑幾回。」

陸風看了看孟玨，又看了看雲歌，從枕下拿出了一塊墨鐵牌，遞給雲歌。

雲歌遲疑了下，伸手接過。

陸風笑對雲歌說：「雲歌，若小玨以後欺負妳，妳就拿這塊鉅子令找執法人幫忙。」

雲歌說：「鉅子令？我好像在哪裡看到過。啊！墨子，墨家學徒都要聽從鉅子的號令。」

陸風說：「我雖非墨家學徒，卻十分景仰墨子，所以執法人的組織的確仿效墨家組織而建。人雖然不多，可個個都身手不凡，平常都是些普通手工藝人，可一旦鉅子下令，都會赴湯蹈火，在所不辭。因為做生意時，常有下屬為了利益出賣良心，所以設置執法人來監督和處決違反規矩的下屬。長安、長安，卻是常常不安，妳拿著這個，護妳個平安吧！」

雲歌把鉅子令遞回給陸風：「我用不著這個。」

陸風溫和地說：「雲歌，這是長輩的一片心意，聽話收下。」

雲歌還想拒絕，卻想起孟玨先前叮囑的話，這些話恐怕都是陸風最後的心願。雲歌雖和陸風只見過兩面，卻因為陸風對她異常親切，他又是孟玨的叔叔，雲歌已把陸風視作自己的長輩，此時聽到陸風如此說，再不能拒絕，只能收下了鉅子令，「謝謝風叔叔。」

陸風凝視著雲歌，「看到妳和孟玨一起，我很開心。可惜九……」陸風眼中似有淚，「雲歌，

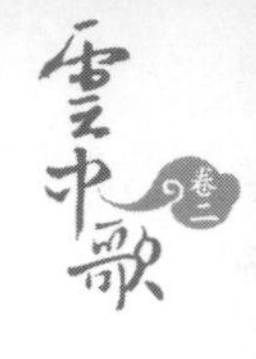

妳先出去，叔叔還有話交代小玨。」

雲歌磕了個頭，出了屋子。

陸風對孟玨說：「以後漢朝疆域內所有產業都是你的了，任你支配。」

孟玨俯身磕頭，「謝過叔叔。」

陸風板著臉說：「一是因為你姓孟，二是因為雲歌，三是因為我們都是男人，我也曾年輕過。小玨……」陸風半閉著眼睛，斟酌著想說什麼，最後卻只是伸手輕拍了下孟玨的肩，「你跟在九爺身邊多年，多多少少總該受了幾分影響。既然決定交給你了，我就不必再廢話。」

陸風閉上了眼睛：「你回去吧！小玨，你不用再來看我了。我大概今日晚些時候就離開長安，一直想念小時候走過的地方，也一直想得空時再遊歷一番，卻一直拖到了現在，希望還能有時間，正好去看看小電、小雷他們。」

小廝進來，服侍陸風躺下。

孟玨連磕了三個頭後，起身出屋，掀起竹簾的瞬間，聽到屋內低低一句，「不要再錯過。」

孟玨的手停了一瞬，輕輕放下竹簾，走向在廊下等著他的人，「雲歌。」

雲歌立即跑過來，孟玨笑握住了雲歌的手。

他們和陸風的感情不深，而且告別時，陸風的精神也還好，所以並未有太多傷感，可兩人的心情還是十分沉鬱。

孟玨牽著雲歌的手，沒有下山，反倒向山上攀去。

兩人一口氣爬到山頂。俯瞰著腳下的群山，遙望著一望無際的碧空，心中的沉悶才消散了幾分。

山頂上的風很大，吹得雲歌搖搖欲倒。雲歌迎風而站，不禁覺得身子有些涼，正想說找個風小的地方，孟珏已經把她攬到了懷中，背轉過身子，替她擋住了風，頭俯在雲歌耳側問：「有人剛才的話是說願意嫁給某人了嗎？以後可以和兒女說『當年是你娘追著你爹喊著說要嫁的』。」

雲歌剛才對著陸風落落大方，此時只和孟珏在一起，反倒羞得恨不得找個地洞去鑽，再被孟珏一嘲，立即羞惱成怒，掙扎著要推開孟珏，「誰追著你了？剛才說的話都是順著風叔叔心意說的，不算數。」

孟珏的胳膊未鬆力，反倒抱得更緊，「好，剛才的都不算數。現在重新來過，雲歌，妳願意嫁給我嗎？」

雲歌立即安靜了下來，恍恍惚惚地竟想起很多年前的一個夜晚，有人在星空下和她說「我收下了。雲歌，妳也一定要記住！」「以星辰為盟，絕無悔改。」

「雲歌，妳願意嫁給我嗎？」孟珏抬起了雲歌的頭，他的眼睛裡有微不可察的緊張。

昨夜的星辰，只是兒時夢。今日眼前的人，才是她的良人。

雲歌笑低下了頭，輕聲說：「你去問我爹，我爹說可以就可以。」

孟珏笑著打趣：「這話的言外之意就是『我已經說可以了』？」

雲歌沒有吭聲，孟珏輕挑起了雲歌的下巴，在孟珏的唇親到雲歌的臉頰時，雲歌閉上了眼睛。

蒼茫的高山頂，野風呼呼地吹。

不知道是孟珏無意碰落了髮簪，還是狂野的風，雲歌的髮髻鬆散在風中，青絲隨著風聲起舞，輕打著她的臉。

孟珏以手為簪，將烏髮纏繞到手上，替雲歌綰住了一頭的髮，而雲歌的髮也纏纏繞繞地綰住了他的手，孟珏笑咬著雲歌的唇喃喃說：「綰髮結同心。」

面頰是冷的，唇卻是熱的。

雲歌分不清是夢是真，好似看到滿山遍野火紅的杜鵑花一瞬間從山頭直開到了山尾，然後燃燒，在呼呼的風聲中劈啪作響。

雲歌這幾日常常幹著幹著活，就抿著嘴直笑，或者手裡還拿著一把菜，人卻呆呆地出神，半日都一動不動，滿面潮紅，似喜似羞，不知道想些什麼。

許平君推開雲歌的院門，看到雲歌端著個盆子，站在水缸旁愣愣出神。

許平君湊到雲歌身旁，笑嘲著問雲歌：「妳和孟大哥是不是私定了終身？」

雲歌紅著臉一笑：「就不告訴妳！」

許平君哈哈笑著去撓雲歌癢癢：「看妳說不說？」

雲歌一面笑著躲，一面撩著盆子裡的水去潑許平君，其實次次都落了空。

兩人正在笑鬧，不料有人從院子外進來，雲歌潑出去的水，沒有澆到許平君身上，卻澆到了來人身上。

雲歌的「對不起」剛出口，看清楚是霍成君，反倒愣在了當地，不知道該說什麼。

許平君立即警惕地站到了雲歌身旁，一副和雲歌同仇敵愾的樣子。

霍成君的丫鬟在院門外探了下頭，看到自家小姐被潑濕，立即衝著雲歌罵：「妳要死了？居然敢潑我家小姐……」

霍成君抹了把臉上的水，冷聲說：「我命妳在外面守著，妳不看著外面，反倒往裡看？」

丫鬟立即縮回了腦袋：「奴婢該死！」

因為來者是霍成君，是霍光的女兒，雲歌不願許平君牽扯進來，笑對許平君說：「許姐姐，妳先回去，我和霍小姐說會兒話。」

許平君猶豫了下，慢慢走出了院子。

雲歌遞了帕子給霍成君，霍成君沒有接，臉若寒霜地看著雲歌，只是臉上未乾的水痕像淚水，把她的氣勢削弱了幾分。

雲歌收回帕子，咬了咬唇說：「妳救過我一命，我還沒有謝過妳。」

霍成君微微笑著說：「不但沒有謝，還恩將仇報。」

雲歌幾分無奈：「妳找我什麼事情？」

霍成君盯著雲歌仔細地看，彷彿要看出雲歌究竟哪裡比她好。

她有美麗的容貌，有尊貴的身分，還有視她為掌上明珠的父親。

她一直以為她的人生肯定會富貴幸福，可這段日子，姐姐和上官蘭的慘死，讓她從夢裡驚醒。作為霍光的女兒，她已經模模糊糊地看到了自己的未來。可她不甘心。她知道她生來就是屬於富貴的人，她已經享受慣了榮華富貴的日子，她不可能放棄她的姓氏和姓氏帶給她的一切，可她又

不甘心如她的姐姐一般只是霍氏家族榮耀下的一顆棋子，婚姻只是政治利益的結合，她既想要一個能依然讓她繼續過高高在上生活的人，又不想放棄內心的感覺。而孟玨是她唯一可能的幸福，孟玨有能力保護自己和保護她。她絕不想做第二個姐姐，或者上官蘭。

雲歌被霍成君盯得毛骨悚然，小小地退開幾步，乾笑著問：「霍小姐？」

霍成君深吸了口氣，盡力笑得如往常一般雍容：「孟玨是一個心很高、也很大的人，其實他行事比我哥哥更像父親，這大概也是父親很喜歡他的原因。孟玨以後想走的路，妳根本幫不上他。妳除了菜做得不錯外，還有什麼優點？闖禍，讓他替妳清理爛攤子？雲歌，妳應該離開長安。」

雲歌笑著做了個送客的姿勢，「霍小姐請回。我何時走何時來，不煩妳操心。漢朝的皇帝又沒有下旨說不准我來長安。」

霍成君笑得胸有成竹：「因為我的姓氏是霍，所以我說的任何話都自然可以做到。只希望妳日後別糾纏不休，給彼此留幾分顏面。」

院門外傳來劉病已的聲音，似乎劉病已想進，卻被霍成君的丫鬟攔在門外。

劉病已揚聲叫：「雲歌？」

雲歌立即答應了一聲，「大哥。」

霍成君笑搖搖頭，幾分輕蔑：「我今日只是想仔細看看妳，就把你們緊張成這樣，如果我真有什麼舉動，你們該如何？我走了。」

她和劉病已擦肩而過，本高傲如鳳凰，可碰上劉病已好似散漫隨意的眼神，心中卻不禁一顫，傲慢和輕蔑都收斂了幾分。霍成君自己都無法明白為何一再對這個衣著寒酸的男子讓步。

「雲歌？」劉病已試探地問。

雲歌的笑容依舊燦爛，顯然未受霍成君影響，「我沒事。」

劉病已放下心來：「妳倒是不妄自菲薄，換成是妳許姐姐，現在肯定胡思亂想了。」

雲歌做了個鬼臉，笑問：「大哥是說我臉皮厚吧？一隻小山雉居然在鳳凰面前都不知道自慚形穢。」

劉病已在雲歌腦門上敲了下：「雲歌，妳只需記住，男人喜歡一個女子，和她的身分、地位、權勢、財富沒有任何關係。」

雲歌笑點了點頭。

第十七章 花事了

孟玨看著雲歌的笑顏，忽然有一種不敢面對的感覺，把她的頭按在自己的懷裡，緊緊地抱住了雲歌。

雲歌在他懷中，臉上的笑意慢慢褪去，大大地睜著雙眼，瞪著前方，實際看到了什麼卻一點都不知道。

劉病已和孟玨的面前雖擺著圍棋，兩人卻不是下棋。

劉病已將白棋密密麻麻地擺了兩圈，然後將一個黑子放在了已經被白子包圍的中間。一顆孤零零的黑子，身居白子中間，看不到任何活路。

孟玨笑著頷首：「一圈是宮廷禁軍，一圈是羽林營，現在都由霍光控制。」

劉病已又拿過黑子的棋盒，陸續在四周而下，一一吻合如今漢朝在各個關隘邊疆的駐兵，雖然偶爾有些地方有一兩顆白子，但整個棋盤看上去，卻是密密麻麻的黑子天下。此時再看白子，身處黑子的海洋中，已經顯得勢單力薄。

孟珏點了點頭：「這個天下畢竟姓劉，百姓心中的皇帝也是姓劉。不過……」孟珏在白棋周圍輕劃了一圈，「白棋守在最重要的位置。如果外面的黑棋輕易行動，白棋感到危險，永遠都可以先行一著。」孟珏將白棋中間的黑棋拿出棋盤。

劉病已又擱了一枚黑子進去：「這幾年他一直努力推行改革，減賦稅、輕刑罰、少動兵戈、於民養息，不管在儒生口中，還是百姓心中都是一位明君。現在看來，白子更多的只是對權力的渴望。聽聞霍光極其愛惜名聲，這樣的人十分看重千秋萬世後的名聲，他肯定不會希望史冊記錄中的他是謀反的奸臣。」

孟珏笑說：「霍光雖然很是了得，劉弗陵也不是昏君，劉家的子孫也並非劉弗陵一人，霍光如果真謀反，他面臨的將是天下群起而攻之，所以除非劉弗陵把他逼到絕路，否則霍光很清楚天下的形勢，他不敢反，也不會反。劉弗陵的命在他手掌間，他的命又何嘗不在劉弗陵手掌間？反倒是外面的藩王恐怕日日盼著霍光能對劉弗陵下手，到時候他們可以名正言順地起兵，召集天下兵馬，自然一呼百應。」

劉病已的面色怔了一怔，抬眸從孟珏臉上一掃而過，復又垂眸，點了點居中的黑子：「他呢？你如何看？」

孟珏想了會說：「他是個不太像皇帝的皇帝。其實之前，他本可以利用上官桀和霍光相持時，先親近霍光一方激化矛盾，再對上官桀示好，穩住局面，然後暗中調集外地駐兵，用『清君側』之名回攻長安。這個法子雖也兇險重重，但以他的智慧不可能看不出這個法子更穩妥。天下也許會因此大亂一時，但不破不立，動盪過後，他卻可以真正掌控天下。」

劉病已說：「你的法子很有可能就變成一場大的兵戈之戰。自漢朝國力變弱，四夷就頻頻起事，始元元年益州的廉頭、姑繒，牂柯郡的談指、西南夷的二十四邑皆反，始元四年西南夷姑繒、葉榆又反，始元五年匈奴攻入關。在如此情形下，如果他多考慮一分社稷百姓，少考慮一分他的皇位，他的選擇只能是如今這樣，儘量不動兵戈。」

孟玨笑看著劉病已問：「如果換成你，你會選擇哪種做法？會選擇犧牲幾萬、甚至十幾萬百姓的命來先保住自己的權力，還是劉弗陵的做法？」

劉病已笑，沒有正面回答孟玨的問題，「我不可能是他，所以根本不會面臨這樣的選擇。」

孟玨笑笑地看了眼劉病已，端起茶杯，喝了口茶：「雖然以前你也很留心朝中動靜，可今日……你好像和以前不一樣。」

劉病已低垂了眸子，手中玩著圍棋子，「大概要做父親了，突然之間覺得我不能再讓我的兒子像我這樣過一輩子，所以……」劉病已抬眼迎向孟玨審視他的視線，「我想我會盡力爭一爭，看有無法子扭轉我的命運，所求不多，至少讓我的兒子不用藏頭縮尾地活著。」

孟玨淡淡笑著：「當今天下只有他和霍光能給你一個光明正大活下去的身分。霍光應該早知你在長安城，卻一直不動聲色，恐怕不能指望他幫你。如果你能放下過去的一切，也許可以去見見他。」孟玨的手指落在棋盤中央的黑子上。

劉病已的笑容幾分慘澹：「我有什麼資格放不下？不是我能不能放下，而是他能不能相信我已經放下。」

接到帖子，霍光想要見他，孟玨雖明知此行定會大有文章，但他若想在長安立足，如今的霍光卻是萬萬不能得罪，只能坦然去拜見霍光。

他和燕王的私密談話只有他們兩人知道，孟玨一直很確信即使有人知道他和燕王交往，也不可能知道具體情形，可看過霍光的行事手段，孟玨的確信已經變得不確信。

他無法知道霍光究竟知道多少關於他的事情，又會如何看他在各個權臣之間若有若無的煽風點火，所以只能暗中做好準備，相機而動。

霍光以前待客，彼此距離不過一丈，這個距離可以保證隱藏的護衛，令突然而來的刺殺失效。自從上官桀死後，霍光將距離增加到了一丈半。雖然只是半丈的距離，卻已經讓刺殺變得近乎完全不可能。

「孟賢侄，這茶的味道可喜歡？」

穿著家居便袍的霍光氣質儒雅，絲毫看不出他翻手覆手間，掌握著長安城所有人的生死。

孟玨笑回道：「『氣飄然若浮雲也。』這是先帝所讚過的武夷山茶，世間多以此茶讚君子。大丈夫身在紫闥而意在雲表，處江湖，居廟堂，掌權勢，卻不改清白之志。」

霍光本是另外有話說，不料聽到孟玨這番回答，一下喜上眉頭，連聲而讚：「說得好！好一個『大丈夫身在紫闥而意在雲表』！若世間人都明白君子之志，也就不會有那些完全無根據的流言猜忌了。」

孟玨笑著欠了欠身子，一派淡然。

霍光看著孟玨，眼內情緒複雜，一會後緩緩說：「這茶是極品的茶，可若不是用上好木炭烹煮，湛露泉水來煎，藍田美玉杯相盛，再好的茶也先損了一半。」

霍光輕聲咳嗽了一下，立即有人不知道從哪裡走出，靜靜地將幾卷羊皮卷軸放在孟玨面前。孟玨拿起看了一眼，又擱到桌上，心中警戒，面上卻依舊淡然笑著。

霍光笑著說：「你肯定還沒有想到，這茶是成君纏了我好幾日，特意親自煮的。成君是我最疼的女兒，只要你好好對她，我也一定會提供最好的木炭，最好的水，最好的玉杯，讓你能成就一杯好茶。」

孟玨唇邊仍抿著笑意，靜靜端起了桌上的茶。與其說好好對霍成君，不如說忠心於霍氏家族。

霍光等著孟玨的回答，孟玨卻是半晌都沒有說話。

霍光眼中的不悅漸重，孟玨的確是非同一般的人才，他悉心栽培的兒子和孟玨相比，都實在不成器。自見到孟玨，霍光一直留意地觀察著他，對他的欣賞日重。

可霍光越欣賞孟玨，孟玨此時的處境反而越危險，霍光不會留一個潛在的危險敵人。

霍光笑著擱下手中茶盅，正想命人送客，忽聽到外面簾子響動，蹙眉嘆氣：「所有兒女之中，就這個女兒最是頑劣，偏偏最讓人心疼。」

霍成君索性不再偷聽，挑了簾子進來：「爹又說女兒的壞話。」

自甘泉山後，孟玨只在公主府中遙遙見過一次霍成君，那一次霍成君還對他仍有怒氣，沒想到這次霍成君看到他，不但沒有絲毫怨氣，反倒眉目蘊情，嬌羞一笑。

霍光看看孟玨，再看看成君，心中暗嘆，的確是一對璧人，難怪成君一意想嫁孟玨。

霍成君今日恰用了茉莉花油梳頭，霍光聞到隱隱的茉莉香，再看到霍成君默默站著的樣子，心頭突然一痛。

似乎是前生的事情了，一個女子也這樣遠遠地站著，低著頭似乎在看他，又似乎沒有看他。不知是她身上的脂粉，還是她身後的茉莉花叢，晚風中一陣陣淡雅的香。

又想起垂淚的憐兒，白髮人送黑髮人的悲哀，他的心終於軟了下來，決定再給孟玨一個機會。

霍光站起，笑對霍成君說：「爹有事先行一步，就不送客了，妳幫爹送孟玨出府。」

霍成君欣喜地抬頭，皎潔的顏若剛開的茉莉花。霍光慈祥地看了眼霍成君，出了屋子。

霍成君和孟玨兩人沿著長廊，並肩而行。

孟玨說：「多謝小姐代為周全。」

霍成君笑著，美麗下藏了幾分苦澀：「我和爹爹說你和我，你和我……再加上爹爹很欣賞你，所以……其實你和燕王、上官桀他們往來的事情本就可大可小，認真地說來，上官安還是我姐夫呢！我自然和他們有往來，我是不是也有謀反嫌疑？不過爹爹一貫謹慎，又明白你在朝堂上的志向不低，所以若不是他的朋友，他自然不能給自己留一個兇險的敵人。」

孟玨沉默著沒有說話。

霍成君的笑容幾分怯怯，臉頰緋紅，像一朵夕陽下的茉莉花，透著楚楚可憐：「雖然爹爹常說有捨才有得，想要得到，先要學會捨去。可我……我……沒有那麼想。雲歌，雲歌她很好。爹爹有很多女人，好幾個姐夫也都有侍妾，你若想……我願意和雲歌同……同侍……一……」霍成君羞得滿面通紅，說話聲音越來越低，到後來已是完全聽不到她說了什麼。

孟玨仍是沒有說話，霍成君也未再開口。

兩人沉默地走著，到了府邸側門，霍成君低著頭，絞著衣帶，靜靜站著。

孟玨向她行禮作別，她側著身子回了一禮，一直目送著孟玨消失在路盡頭，人仍然立著發呆。

ㄚ頭扶著霍夫人經過，霍夫人嘆氣搖頭，揮手讓ㄚ鬟都退下。

「成君，如願了嗎？」

霍成君好似如夢初醒，親暱地挽住了娘親的胳膊，「嗯。大概事情太突然，孟玨一時反應不過來，所以沒有立即和爹說我和他的事情。爹本來已經對孟玨動怒，可看到我就又給了他一次機會。娘，為什麼特意讓我抹茉莉花油，為什麼特意讓我穿鵝黃的衫子？」

霍夫人瞪了霍成君一眼：「哪來那麼多『為什麼』？我看我是把妳嬌縱得實在不像話了。」

霍成君抱住了母親，宛如小女孩般將頭藏在了母親懷中，撒著嬌，「娘，娘……」聲音卻慢慢透出了哽咽。

霍夫人輕拍著霍成君的背：「娘明白。只希望妳挑對了人，女人這一生，什麼都可以錯，唯獨不可以嫁錯人。」

霍成君說：「女兒明白，所以女兒不想嫁那些所謂『門當戶對』的人，一個上官安已經足夠，女兒寧願如別的姐姐一樣，嫁一個能完全依附爹爹的人。」

霍夫人雖沒有說話，表情卻是完全認可了霍成君的說辭。當年還因為霍光沒有選自己的女兒嫁給上官安而生氣，現在卻無比慶幸嫁給上官安的人不是她的親生女兒，「成君，以後不可再在妳爹面前如此打扮。這一次妳爹是心軟，下一次卻說不定會因為妳的裝扮而心硬似鐵。」

霍成君俯在母親胸口點了點頭。

小青給霍成君卸妝，望著鏡子中霍成君嫻靜的面容說：「小姐，妳和以前不太一樣了。」如果親眼目睹了姐姐、姐夫的慘死還能和以前一樣，那才奇怪。霍成君淡淡問：「哪裡不一樣了？」

小青困惑地搖搖頭：「不知道，比以前更好看了。」

霍成君笑斥：「嘴抹了蜜油嗎？」

小青替霍成君梳著頭髮，看霍成君似乎心情還好，遂問：「小姐，妳既然願意讓孟公子納了雲歌，為什麼那天還特意去對雲歌說那些話？」

霍成君笑了笑，起身向榻邊走去：「這些事情，妳不需要知道，妳需要做的就是忠心。我好，妳自然也好。我不好，大姐的丫頭、上官蘭的丫頭是什麼下場，妳也知道。睡吧！這幾日需要做的事情還很多。」

雲歌在屋子裡出出進進，像個無頭蒼蠅一樣，看著很忙，卻不知道她在忙些什麼。

孟玨靜坐在燈前看書，眼光卻一直無意識地隨著雲歌在轉。

雲歌納悶地到鏡子前轉了一圈，好像頭髮還算整齊，臉也很乾淨，「喂，玉之王，我有什麼問題嗎？」

孟玨笑搖頭：「妳沒有問題。」

雲歌指著自己的鼻尖：「那你幹麼老是盯著我？」

孟玨忽地把雲歌拽進懷裡，抱了個結結實實。

雲歌扭著身子說：「我活兒還沒有幹完呢！」

孟玨低低叫了聲「雲歌」，柔得像水，卻又沉得像鉛，一下就墜到了雲歌心底，雲歌只覺心中莫名地一澀，安靜了下來，反手也抱住孟玨，頭在他脖子間溫柔地蹭著：「我在這裡呢！」

孟玨說：「別幹活了，陪我到外面去走一走。」

雲歌和孟玨兩人手挽著手，慢慢走著。

越走越偏，漸漸走到了農家的田地間。

夜風中，穀物的清香徐徐而來。

腳步聲驚動了正在休息的青蛙，撲通一聲躍進池塘，引起蛙鳴一片，不一會又安靜下來，更顯得夜色寧靜。

雲歌很是淘氣，青蛙安靜下來，她卻學著青蛙的叫聲，對著池塘叫起來，引得青蛙又跟著她叫。她得意地衝著孟玨笑：「我學得像嗎？我會學好多種動物的叫聲呢！」

孟玨笑在她的額頭彈了一記，「青蛙以為從外地來了一隻好看的母青蛙，牠們正呱呱叫著追求母青蛙。」

罵她是母青蛙？越是好看的母青蛙，那不就是越難看的人？雲歌朝孟玨做了個鬼臉，笑對著池塘又叫了一通，側頭對孟玨說：「我和牠們說了，母青蛙和一隻更好看的公青蛙在一起，牠們就不要再叫了。」

走了很久，孟玨仍未說回去，雲歌雖已經睏了，但看孟玨不說，她也不提，只陪著孟玨。

到田埂上，道路很窄，兩人並肩同行有些困難，孟玨蹲下了身子：「我來背妳。」

雲歌嘻嘻笑著跳到孟玨背上：「正好累了呢！」

過人高的高粱，時有過於繁密的幾桿高粱從地裡探到路中間，雲歌伸著手，替孟玨把面前的高粱撥開。

月光在青紗帳裡流轉，在雲歌的手指間舞動，映得雲歌的皓腕晶瑩如玉。

「雲歌，給我唱支歌。」

雲歌俯在孟玨的肩上，隨口哼哼：

三月裡來三清明，桃紅不開杏花紅，蜜蜂採花花心上動。

五月裡來五端陽，楊柳梢兒抽門窗，雄黃藥酒鬧端陽。

七月裡來七月七，天上牛郎配織女，織女本是牛郎的妻……

青紗帳裡，月色溫柔，雲歌的聲音時高時低，彷彿在夢上流動。

孟玨感覺到雲歌偷偷在他的脖子上親了下，他不禁唇角勾了起來，可笑意還未全展開，就凝結在了嘴角。

孟玨背著雲歌回家時，已經半夜，雲歌好夢正酣。

他把雲歌安置好，人坐在院子中沉思衡量。

雲歌睡覺的姿勢總是不老實，一床大被子，硬是被她蹬得一大半蓋在了地上。孟玨時而進屋替她把被子掖好，又靜靜坐回黑暗中。

劉病已清晨推開雲歌的院門時，看到孟玨坐在青石凳上，幾分倦容，衣袍下襬濕漉漉的，像是在外面坐了一夜，被露水所浸。

劉病已看雲歌的門窗仍然緊閉，估計雲歌還未起，壓著聲音問：「怎麼了？」

孟玨側頭看著劉病已：「原來不是皇帝也會有江山美人的困擾。若有一日，你要在江山、美人中抉擇，你選哪個？」

劉病已幾次嘴唇翕動，想要回答，卻一直不能回答，最後攤攤手，「我不會有這種煩惱。」

孟玨笑著站起：「雲歌昨日睡得有些晚，不要叫她了。我晚上也許會晚一點回來，讓雲歌不要等我吃飯。」

頎長的身影，從輕薄的日影中穿過。往日翩翩風采不再，多了幾分憔悴。

屋內，赤腳站在窗邊的雲歌，慢慢地一步步退回了榻上，放下紗帳，拿被子把自己從頭嚴嚴裹了起來。

厚實的被子仍然不能溫暖她，寒意從心內一點點透出來，冷得她開始打著哆嗦。

身子瑟瑟，若寒風中的秋葉，隨時會凋零。

晚上，孟珏回來時，雲歌除了面色略顯蒼白，別的都很正常。

她依舊如往日一般，端著一些色彩奇怪、不知道是什麼東西的菜肴給孟珏，孟珏也是接過就吃。

雲歌靜坐在一旁，看孟珏一口口把她所做的東西吃完。

「好吃嗎？」

孟珏嚥下最後一口湯，抬頭看向雲歌：「不知道，我不知道吃下去的東西是苦是酸還是甜，我吃任何東西都一樣。」

雲歌沒有任何驚疑，只是平靜地點了點頭。

孟珏問：「妳知道多久了？從開始做這些稀奇古怪的菜就知道了嗎？」

雲歌笑了笑：「可惜我太沒用，給你吃了很多亂七八糟的東西，卻一直沒有治好你。」

孟珏握住了雲歌的手，「義父的醫術讚一聲『扁鵲再世』都一點不為過，他試了無數法子都沒有治好我這個怪病，最後和我說『非藥力能為，心病還需心來醫』。雖不太懂義父的意思，可義父都說了『非藥力能為』，妳何必為此自責？」

雲歌凝視著他們交握的手，眼中一下有了淚意，猛地撇過了頭。

孟珏以為雲歌是為了他的病，輕攬住了雲歌的肩，「這麼多年早就習慣了，別再往心裡去，只

要妳不嫌棄我就好。妳是名動天下的廚師，我卻完全不能品嘗妳做的菜，像瞎子娶了美女，只聽到他人一聲聲讚好，究竟怎麼好，他卻完全不知道。」

雲歌回頭，眼中的淚意已去，笑呸了一聲孟玨，「明明是你在安慰我，怎麼說著說著，聲聲都是我該安慰你呢？」

孟玨看著雲歌的笑顏，忽然有一種不敢面對的感覺，把她的頭按在自己的懷裡，緊緊地抱住了雲歌。

雲歌在他懷中，臉上的笑意慢慢褪去，大大地睜著雙眼，瞪著前方，實際看到了什麼卻一點都不知道。

這段日子，孟玨出門時，雲歌從不過問他的去向，孟玨回來時，她卻很黏他。

孟玨以為是因為他的病，加上本來就希望雲歌能如此，所以既未深思，也沒有起疑。

兩人相處時，都對對方異樣的好，那樣的甜蜜讓許平君看得大呼「受不了」，劉病已卻是神情複雜。

❦

劉病已站在院子門口已經半日，而院中的雲歌卻是坐在大太陽底下一動未動，也未曾留意到已經看了她很久的劉病已。

劉病已推了下門，吱呀聲驚動了雲歌，雲歌立即滿面笑容地跳起，待看清是劉病已，面上的笑意透出了疲憊。

劉病已將雲歌拖到樹蔭下，「妳已經知道了？」

雲歌勉強維持的笑意全部消失，面容淒苦，緩緩點了點頭，「大哥，不要告訴他。」

劉病已心中苦澀，不知道說什麼能安慰雲歌。這一瞬，他深感自己無能，也再次深刻體會到權勢的力量，如果他有權勢，那麼一切都會不一樣。

雲歌沉默了會兒，又笑著說：「大哥，我沒有事情的。他不是還沒有做出選擇嗎？也許他會選擇我，不選擇江山呢！」

劉病已很想問「如果沒有選擇妳呢？」可是看到雲歌勉強維持的笑容，無法問出口，只能亦笑著點了點頭：「會的。」

在雲歌用一個個時辰來計算時間的日子裡，她小心翼翼地貪戀著孟珏的溫情。每一次的擁抱，她都會想，也許這就是最後一次了；每一次的笑語，她也會想，也許是最後一次兩人同笑了。

她努力地抓住盡可能多的快樂，努力地讓自己在孟珏的生命中留下更多的印記。

她不知道這樣的時間還能有多久，而她在等待的煎熬中，又還能堅持多久，只是現在，她捨不得他，捨不得放手。

長安城的街道，從剛到時的陌生到現在的熟悉。她和孟珏在這座雄偉的城池裡留下了太多痕跡。

雲歌不知道為什麼會走到霍府的後門前，也不知道自己為什麼會躲在樹叢裡，凝視著這座府邸發呆，也許只是想看清楚究竟是什麼東西在吞噬著她的幸福。

這座府邸像一頭老虎，威嚴地盤踞在長安城。

大漢天下，長安城內，有多少人渴望著能和「霍」這個姓氏沾上一點半點關係？霍字所代表的威嚴、權勢、尊貴、財富，又有幾個人能拒絕？掌控天下的位置，有幾個男人能不心動？

這樣的男子當然有，至少她就知道三個，爹爹、二哥、三哥。從前，她以為那很普通，可現在才知道自己家裡的男子都是異類。她的母親、她未來的嫂嫂都是幸運的女人，可她似乎沒有這樣的運氣。

雲歌淡淡地笑開。

很奇怪，她居然對這個府邸沒有一點厭惡，甚至對霍成君，她也沒有任何惡感。也許在她心中，一切都只是孟玨的選擇，都只是她和孟玨之間的事情，和霍府、霍成君沒有什麼關係。

腦內思緒紛雜，她不知道站了多久，天色暗沉時，才突然驚醒，自己應該回去了，孟玨也許已經在屋中等她。

她正要轉身離開，卻看到角門開了。

薄暮昏暝中，距離又遠，視線本該很模糊，可因為那個人影太過熟悉，熟悉到她明知道自己絕不該再看下去，可腳卻恍似釘在了地上。

霍成君送孟珏出府時，天色已黑。

小青拿了燈籠過來，主僕二人視線一錯而過，霍成君是疑問的眼神，小青微微點了點頭。

到了府門口，孟珏正要離去，她卻拽住了孟珏的袖子，滿面飛紅，欲說不說。

孟珏安靜地笑看著她，既未接近，也未抽出袖子。

霍成君低著頭說：「很少看到爹爹下棋能下得那麼開心，我聽娘說，爹前日又在她面前讚了你，娘親也十分開心。」

孟珏淡笑著沒有說話，霍成君緩緩將身子靠在了孟珏身上。

孟珏的手輕輕扶在霍成君腰上，既未主動迎合，卻也未拒絕。

門扉半掩，花影扶疏。

女子窈窕，男子翩翩，昏黃的燈光，將兩人的身影勾勒得溫情脈脈。

很久，很久，兩個互相依偎的身影都未動。

惜別，惜別，不忍別！

只有情愫暗生的男女才會如此默默相對，別時艱難吧？

孟珏笑扶起霍成君，「我該回去了。」

霍成君微笑著叮嚀：「天色已黑，路上小心。」

孟珏一笑，很溫和地說：「外面風冷，妳也早些回去，不要吹著了。」說完轉身離開，步履雖緩慢，卻再未回頭。

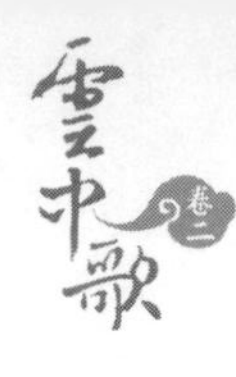

霍成君立在門口，目送著孟珏的身影消失不見。

霍成君的目光投向了對面樹叢的陰影中，雖然那裡看著一片漆黑，她的視線卻久久未動。

這是一個沒有月亮的晚上，天很高，也很黑，星很稀，也很暗。

街道兩側樹上的黃葉紛紛隨風而落。

雲歌伸手握住了一片落葉，喃喃說：「起風了。」

街上偶有的幾個行人都縮著脖子，匆匆往家趕。

雲歌停了腳步，側著腦袋想了會，「該回家了。」

她深吸了幾口氣，想平復胸中的疼痛。回家了就不會再難過，也不會再心疼，喃喃對自己說：「我不喜歡疼痛的感覺，我會好起來的。」

可是真的嗎？

她不敢深思。她現在唯一的選擇只能是像蝸牛一樣，縮回殼裡。

一個鬚髮皆白的老頭忽地如旋風一般，衝到雲歌面前，揮舞著手，興高采烈，大呼小叫：「雲歌，雲歌，真的是妳！哈哈哈……我可是有福了，乖雲歌兒，快給師父做頓飯。」

年紀已經老大，性格卻還像頑童，動作敏捷又如少年。

雲歌滿懷傷心中，他鄉遇故知，如同見了親人，鼻子一酸，就想掉淚，卻又立即逼了回去，擠了笑說：「不要亂叫，我可沒有拜你為師，是你自己硬要教我的。侯伯伯，你怎麼在長安？可見過我二哥？」

侯老頭瞪著眼睛，吹著鬍子，很生氣的樣子，可又想起來別人怕他生氣，雲歌卻不怕，歷來都是他有求於雲歌，雲歌可從來沒有求過他辦事，滿肚子的氣不禁都洩了，滿臉巴結地看著雲歌，「乖雲歌兒，老頭子很久沒見過妳二哥了。我剛去了趟燕北，想回西域，順路經過長安。妳怎麼也在這裡？」

侯老頭根本未等雲歌回答，就又猴急地說：「唉！唉！雲歌兒，多少人求著我想拜師，有人長跪三日三夜，我都沒有答應，妳這丫頭卻……你們家盡出怪人，當年求著妳二哥學，妳二哥只是笑，雖然笑得很君子，卻笑得毫不回應，後來找妳三哥，妳三哥倒弄得好像是老頭子欠了他錢，寒著臉來句『沒興趣』，太讓老頭子傷心了，學會我的本事好處可多了去了……」

雲歌一臉不屑，「快別吹牛了！你當年求著我跟你學什麼『妙手空空兒』時，我說『我才不會去偷東西』，你說『學會了，天下除了我，沒有任何人再能偷妳的東西』，我覺得不被偷還挺不錯的，就跟著你學了。結果呢？我剛到長安就被人偷了。」

侯老頭一生遊戲風塵，不繫外物，唯獨對自己的「妙手空空」自傲，聽到雲歌如此說，立即嚴肅起來，像換了個人，「雲歌，妳說的是真話？妳雖然只學了三四成去，偷東西也許還不成，可人家若想偷妳，卻絕不容易。」

雲歌點頭：「全是真話。我身上一共帶了七八個荷包，全部丟掉了，害得我住店沒錢，被小二羞辱了一通，幸虧……」那個人的名字跳入腦海裡，雲歌聲音一下哽咽，她立即閉上了嘴巴，面上

維持著一個隨時可能破碎的笑。

侯老頭沒有留意到雲歌的異樣，只滿心疑惑，喃喃自語：「不可能，不可能。即使長安城有高妙的同行，想要不驚動妳，最多也只能偷到四個荷包，七八個荷包，除非是我才可以……啊！」

侯老頭笑起來，又變得神采飛揚，「哎呀！我知道是誰偷了妳東西。唉！笑話，笑話！我就教了兩個徒弟，你們還對面不相識，不過也沒有辦法，我們這行的規矩就是『偷偷摸摸』，收徒弟也是如此，大張旗鼓地告訴別人我收了徒弟，那人家不就都知道妳是『空空兒』了嗎？那還偷什麼？老頭子縱橫天下幾十年，見過我真貌的都沒幾個……」

眼看著侯老頭即將拐題拐到他一生的光輝偷史，雲歌打斷了他，「侯伯伯，說重點！究竟是誰偷了我的東西？難道是你的徒弟？」

侯老頭賠著小心的笑：「乖雲歌兒，妳大概是被妳師兄，不對，他雖然年齡比妳大，不過比妳晚跟我學藝。入門為後，應該叫師弟，妳大概是被妳師弟偷了。當時師父和妳說我是天下第一時，還沒有教小珏呢！如今，如今……」侯老頭似乎還十分不甘願，「如今我也許是天下第二了，小珏悟性非同一般，又肯下功夫，哪裡像妳？不過也奇怪，小珏怎麼會偷妳的東西？他雖跟我學了『妙手空空』，可能讓他看上眼、主動出手的東西恐怕還沒有。光顧著玩了，好幾年都沒有見他，他也來長安了嗎？雲歌兒，妳莫要生氣，他也不知道妳是他師姐，因為妳一直不肯叫我師父，也沒有真正學到我的本事，所以老頭子就和他說只有他一個徒弟，好鼓勵他刻苦學藝，繼承衣缽。」

雲歌身子晃了下，面色蒼白，「侯伯伯，小珏的全名叫什麼？」

侯老頭想起自己的徒弟，滿心得意：「孟子的孟，玉中之王的珏，孟珏，是老頭子這一生唯一敬重的人的義子。」

雲歌站立不穩，踉蹌地後退了幾步，曾在心中掠過的一些疑問剎那間似乎全部明白。

侯老頭此時才留意到雲歌面色異樣的蒼白，「雲歌兒，妳怎麼了？病了嗎？」

雲歌強笑了笑：「沒有，只是有些累了。我今天在外面忙了一天，侯伯伯，我想先回去休息了。你住哪裡，我得空時再去看你，或者我們西域見，到時一定給你做菜吃。」

侯老頭指了指前面的客棧，「就在那裡落腳。今夜的風肯定還要大，乖雲歌兒，妳快回去好好休息，回頭打起精神，好好給師父做幾道菜。」

漆黑的夜，風越吹越大。

無數的樹葉在風中呼旋，從雲歌頭上、臉旁飛過，將本就看不清前方的黑夜攪得更是支離破碎，一片迷濛。

雲歌茫然地走在混亂的天地間。

很多東西，曾經以為天長地久的東西，原來坍塌只是一瞬間。

曾以為他和她是長安城內一場最詩意的相逢，像無數傳奇故事，落難女子，巧遇翩翩公子搭救，救下的卻是一生一世的緣分。

可原來真相是這樣，他拿了她的錢袋，然後再出現在她的面前對她施恩，讓沒有生活經驗、沒

有錢的她只能依靠他，但他沒有想到她會憑藉菜肴賺錢，根本就沒有依靠他。他的計謀雖然沒有得逞，可他畢竟用這個法子強行闖入了她的世界。

難怪他會在深夜彈奏《采薇》。

「昔我往矣，楊柳依依；今我來思，雨雪霏霏。行道遲遲，載渴載饑。我心傷悲，莫知我哀。」

他既然是侯伯伯的徒弟，那大概聽侯伯伯提起過二哥，也許本就知道《采薇》是二哥最喜歡的曲子。

當時還以為是一種奇妙的緣分，卻原來又是有意為之。

可為什麼呢？為什麼要如此對她？她哪裡就值得他花費這麼多心思？

她拔下了頭上綰髮的金銀花簪，又掏出懷中風叔給的鉅子令仔細看著，當日的一幕幕、一點一滴都從腦中仔細重播過。

父母禁止她進入漢朝疆域，自己家中卻一切都是漢人習俗。

風叔叔對她異樣關愛，還有對她家人的打探，當時以為是因為侄子的終身大事，所以需要瞭解她的出身背景，現在想來，當日風叔叔的問題其實句句都只是想知道她的父母過得好不好。

如果沒有她，風叔叔那天對孟珏的懲罰會是什麼？禁止他使用任何錢財和人脈？

他向她表白心意，告訴她不會再和霍成君往來時，正是風叔叔重病時，想必那個時候，風叔叔正在思考把家業交給誰。

他特意帶著她去見風叔叔。

雲歌驀然大笑起來。笑得身子發軟，人一寸寸地往地上滑。

她的身子縮成了一團，抱著膝蓋，頭埋在膝蓋間，一個人蹲在漆黑的街道中央。

風颳起落葉呼嘯著吹過她的身子，失去了綰束的一頭髮絲被風吹得張揚飛舞。

雲歌遲遲未回家，劉病已打著燈籠尋到這裡，看到一條長長的街道，空曠淒涼。一個縮得很小很小的人，縮得像是一個蝸牛，蜷縮在街道中央。在漫天落葉飛舞中，青絲也在飛舞，張揚出的全是傷心。

劉病已心悸，一步步小心地靠近雲歌，只覺一不小心那個人兒也會隨著落葉消失在風中。

「雲歌，雲歌……」

地上的雲歌卻聽而不聞。

因為風太大，手中的燈籠被風吹得直打旋，一個翻轉，裡面的火燭點燃了燈籠，在他手中忽地竄起一團火焰。

原本昏黃的光芒驟然變得燦亮，雲歌被光亮驚動，抬頭看向劉病已。

長長的睫毛上仍有淚珠，臉上卻是一個渺茫的笑。嬌顏若花，在跳躍的火光下，恍惚如月下荷花上的第一顆露珠。

火光淡去，雲歌的面容又隱在了黑暗中。

劉病已呆站了好一會，才扔掉手中已無燈籠的竹竿，彎身扶雲歌站起。

握住雲歌零亂的髮，看到雲歌手裡拿著一隻簪子，他想拿過來，先替她把頭髮綰好，雲歌卻握著不肯鬆手。

劉病已無奈，只能隨手解下腰間掛著的同心結，用做髮繩，把雲歌的頭髮綰起、束好。

劉病已護著雲歌避開風口，找了小巷子繞道回家。

兩人走了很久後，雲歌似乎才清醒，一下停住了腳步：「我想回家，我不想再見他。」

劉病已很溫和地說：「我們就要到家了。他晚飯前來過一次，看妳不在，就又走了。他讓我們轉告妳，他要去見一個人，辦些事情，這一兩天恐怕沒有空，等忙完後再來看妳。」

雲歌聽了，沒有任何表情，只是停住的腳步又動起來。

「今天發生了什麼事情？妳不等他做選擇了嗎？」

雲歌搖了搖頭，「沒什麼。」

雲歌的脾氣看著隨和，執拗起來卻非同一般。

劉病已知她不願意說，也就不再問，只說：「回家後好好睡一覺，一切都會好起來的。大哥和妳保證，一切一定都會好起來的。」

許平君聽到拍門聲，立即迎了出來。

「雲歌，颳著那麼大的風，幹什麼去了？真正擔心死人，怎麼這麼狼狽的樣子……」

當她看到雲歌束髮的頭繩是她給劉病已打的同心結時，語聲噤在了口中。

劉病已把雲歌交給許平君，「我去給雲歌燒些熱水，做些吃的。」轉身去了廚房。

在路上，雲歌主意已定，她想回家。

知道和劉病已、許平君相聚的時光已是有限，傷痛中又添了幾分留戀。

許平君幫雲歌舀了熱水，給雲歌洗臉淨手。

雲歌看許平君眼光時不時掃一眼她的頭髮，雖然笑著，神情卻有些奇怪，她一面去摸自己的頭髮，一面笑問：「我的頭髮怎麼了？」摸到綰著頭髮的髮繩，她拿了下來，發現是一個同心結。

當日紅衣教過她做。她後來才知道為什麼紅衣不肯打給她，要她自己動手。

同心結，結同心。

女子把自己的心意結在穗子中，繫在心上人的腰上，希冀著永結同心。

雲歌大窘，忙把同心結捋平，還給許平君，「我，我……」她想不出來如何解釋明明掛在劉病已腰間的同心結怎麼跑到了她的頭上，因為她也很恍惚，只記得她和大哥在巷子裡面走路。

許平君笑著把同心結收起，「沒什麼了！男人都對這些小事不上心，妳大哥只怕根本分不清同心結和其他穗子的區別。」一面找了自己的髮簪幫雲歌把頭髮梳好、綰起，一面似乎十分不在意地問：「妳和孟大哥怎麼了？我最近在妳大哥面前提起妳和孟玨，妳大哥的神色就有些古怪，孟大哥欺負妳了嗎？」

雲歌聽出了許平君語氣下有幾分別的東西，心中又多了一重悲傷，感情已去，卻不料友情也是這麼脆弱，直到現在許平君仍舊不能相信她。

雲歌忽然覺得長安城再無可留戀之人，側身把許平君拽到自己身旁坐下，「姐姐，我要走了。」

「走？走去哪裡？」

「我要回家了。」

許平君愣住：「家？這裡不就是妳的家？什麼？妳是說西域？為什麼？妳大哥知道嗎？」

雲歌搖了搖頭：「大哥不知道。我是突然決定的，而且我害怕告別，也不想告別了。」

「孟大哥呢？他不和妳一塊走？」

雲歌的頭倚在了許平君肩頭，「他會娶霍家的小姐。」

「什麼？」許平君怒氣沖頭，就要跳起來。

雲歌抱住她，「姐姐，妳有身子呢！可別亂生氣，妳看我都不生氣。」雲歌將金銀花簪和鉅子令放在許平君手中，「孟珏來時，妳幫我把這兩樣東西給他。」

許平君想到她們和霍成君的差距，心頭的火氣慢慢平復了下去，再想到連雲歌這般的人都有如此遭遇，不禁十分悲哀，「雲歌，妳不去爭一爭嗎？為什麼連爭都不爭就退讓呢？妳的鬼主意不是向來很多嗎？妳若想爭，肯定能有辦法。除了家世，妳哪裡不如霍家小姐了？」

「不值得。況且感情和別的事情不一樣，是妳的就是妳的，不是妳的，強求來也不見得幸福。」雲歌伸手去抓盆子裡的水，一隻手用力想掬住水，可當她握成拳頭的手從盆子裡出來時，水都從指縫間溜走。她向許平君攤開手掌，裡面沒有握住一滴水，而另一隻手隨隨便便從盆中一舀，反倒掌心都是水，「這就是感情，有時候越是用力，越是什麼都沒有。」

雲歌的話說得饒有深意，許平君下意識地握住了袖中的同心結。不會，我自小知道的道理就是想要什麼一定要自己去爭取，我可以握住這個，我也一定可以握住我們的同心結。

「雲歌，我們還能再見面嗎？」

「為什麼不能？我只是有些累，想回家休息一段時間。等我休息好了，也許就會來看你們。即使我不來長安，妳和大哥也可以來看我。」雲歌一直笑著說話，可她卻不知道自己現在神情憔悴，眉尖也是緊鎖。

許平君輕拍著雲歌的背，心下捨不得，還想勸一下雲歌，但話語在心頭徘徊了幾圈後，嘆了口氣，未再說話。

霍府嫁女，到時候只怕比公主大婚還盛大，雲歌若留在長安城，難道讓她去看長安城大街小巷的熱鬧嗎？況且沒有了孟玨，雲歌就是獨自一人了……

「妳什麼時候走？」

「我不想再見他了，自然是越早越好。」

許平君眼裡有了淚花：「雲歌……」

雲歌聲音也有些哽咽：「不要哭！老人說懷孕的人不能哭，否則以後孩子也愛哭。」

聽到劉病已在外面叫：「可以吃飯了。」

許平君立即擦去了眼角的淚，雲歌笑著小聲說：「等我走了，妳再告訴大哥。」許平君猶豫了一瞬，點點頭。

第十八章 火焚天

一個宦官眼看著人就要全跑光，氣急交加，一時忘了于安說過的「留活口」，隨手將手中的劍朝雲歌飛擲出。

雲歌的身子在剛觸到馬背的剎那，一陣透心的巨疼從後背傳來……

長安城外驪山的溫泉宮始建於秦始皇，漢武帝又多次重建，劉弗陵登基後雖再沒有在溫泉宮花費銀錢，但當年的奢華氣息仍充斥於宮殿的各個角落。

衛太子之亂前夕，漢武帝劉徹中了巫蠱之毒後，曾選擇在此地休養。

因為當時局勢混亂，而劉徹晚年的疑心病又非同一般，從皇后、妃子、皇子到臣子都不能相信，所以不許長安城內的侍衛進入溫泉宮，此處的護衛靠的全是藏在皇上身後的影子——宦官。

因為先帝的遺命，又有劉弗陵的默許，于安經過十年的苦心經營，將宮廷中，除禁軍外的第二大力量在此處大力培養，如影子般悄無聲息地籠罩著整座驪山。

整個溫泉都在宮殿內，溫泉四周是雕著蓮花紋的鑲金漢白玉，既是裝飾，也是為了防止因為濕氣而打滑。

一層層臺階漸次沒入溫泉中，白濛濛的水汽籠罩著整個屋子。

劉弗陵此時正坐在一層臺階上，溫泉水只浸到肩膀，靠著身後的玉石枕，闔目似睡。

他不喜歡人近身，所以于安只能守在珠簾外。

有宦官悄悄進來，朝于安行禮，于安上前和他低聲說了幾句話，匆匆回去。

因看不清楚簾內的情形，于安不敢輕易出聲打擾，只能搓著手等。

劉弗陵沒有睜眼地問：「什麼事情？」

于安忙回道：「皇上，奴才無能。奴才已經把當日在甘泉宮的女子都查了一遍，查到現在，仍沒找到唱歌的女子。不過倒是有別的消息。不知道皇上還記得曾給皇上做過一次菜的雅廚竹公子嗎？她當時也在甘泉宮，後來被奴才下令轟出去了。聽服侍過公主的宦官富裕說，雅廚雖叫『竹公子』，其實是個女子。」

劉弗陵慢慢睜開了眼睛，沉默了一瞬問：「她叫什麼名字？」

「因為富裕在公主府時，並非公主的心腹，公主府中知道公主事情的近侍大都已死了，所以還沒有打聽到她的名字，不過竹公子是長安城七里香的廚子，奴才已經命人去七里香查了，估計最遲明日晚上就會有消息。」

劉弗陵回憶著當日吃過的竹公子所做的菜，再想到甘泉山中的歌聲，猛然從溫泉中站了起來，匆匆擦了下身子，一邊穿衣一邊說：「于安，去命人備車，回長安，直接去七里香。」

于安跪下磕頭，「皇上來溫泉宮不是為了等著見孟玨嗎？雖只見過一面，奴才對此人的印象卻很深刻。聽聞他和霍家小姐情投意合，有人說霍光對他極為賞識，待他如兒子一般，卻不知道他為何求到了奴才的手下，讓奴才代他求皇上見他一面。奴才琢磨著這裡面定有些文章。皇上，不如等見了他，再回長安。」

劉弗陵整理好衣袍，掀簾而出，「他什麼時候來？」

于安估算了下時間，「他說今日晚上設法離開長安，快則半夜，慢則明日清晨，不過他即使半夜到了，肯定也不敢打擾皇上休息，定是等到明日尋了合適的時間找人通知奴才。」

劉弗陵微頷了下首，「我們星夜趕去長安，他明日若到了，命他先候著，朕最遲明日晚上見他。」

于安一想，雖覺得皇上之舉太過反常，可時間安排上也算合理，遂應了聲「是」，退下去命人備馬車。

馬車內，劉弗陵靠在軟墊上，閉著眼睛似乎在睡，心內卻是一點不安穩。

不敢去想竹公子會不會是他等的人。這麼多年，他守在長安城內，唯一所能做的就是靜靜等待，這是唯一一次他的主動，主動地去抓命運也許不願意給他的東西。

其實最明智的做法是在驪山靜靜等候消息，如果是，再行動，如果不是，那麼一切如舊。

他如此匆匆下山，雖然儘量隱祕了行蹤，也故布了疑陣，可並不見得能百分之百地避開暗處窺視的耳目，但是他靜靜等候的時間太久了，久得太怕錯過，太怕萬一。

如果竹公子真是她，他一定要儘早見著她，萬一有人欺負她了呢？萬一她不開心呢？萬一她要離開長安呢？萬一她遇見了另外一個人呢？一天之間可以發生的事情太多，而他早就對老天失去信心了。

下山時，還沒有風，可越走卻風越大，走在山道上，人都覺得要被風吹跑。

于安實在不安，大著膽子湊到馬車旁，「皇上，今夜風很大，實在不宜出行，不如回去吧！最遲明日晚上就有消息了，實在不需皇上親自跑一趟。」

劉弗陵眼睛未睜地說：「你可以回去。」

于安立即說：「奴才不敢。」又退了回去，繼續行路。

一匹黑馬，一身黑斗篷，雲歌縱馬馳騁在風中。

風颳在臉上刀割般地疼，她卻只覺痛快。

很多日子沒有如此策馬狂奔過了，可惜坐驥不是鈴鐺，也不是汗血寶馬，否則可以享受和風賽跑的感覺。

爹爹和娘親不見得在家，有時候去得遠了，兩三年不回家都是正常。二哥也不知道在哪裡漂

泊。幸虧三哥是個懶鬼，肯定在家。現在想著三哥，只覺溫暖，甚至十分想念三哥冷著臉對她愛理不理的樣子。

難怪老人常說「娘的心在兒身，兒的心在石板」，兒女快樂得意時，常常忘記家，可一旦受傷，最想回去的地方就是家。

曾經以為，愛她的人定會把她視作獨一無二的珍寶，不管她在別人眼裡如何，在他眼裡卻一定是聰明、可愛、美麗的，是不可替代的、是千金不可換的。可現在才明白，那不過是少女時最瑰麗的夢。

人太複雜，人的欲望太多了。很多時候千金不可換，也許萬金就能換了，甚至也許一千零一金就可以了。

雲歌感覺眼睛又有些痠脹，卻實在不願為他再掉眼淚，迎著冷風，扯著嗓子大叫一聲，冷風割得腮幫子火辣辣地疼，眼淚硬生生地被逼了回去。

來時，長安是天朝大漢的都城，是世上最繁華、雄偉的城池，更是她自小嚮往已久的地方。長安盛著她的夢，盛著她以為的快樂。

可是，現在，她只想永不再想起這座城池，想把這裡發生的一切都忘記。

馬兒跑快點，再跑快點，把一切都丟開，都遠遠丟開……

黑色的馬。

最容易隱於黑夜的黑衣。

面容被遮去，只一雙黑沉的眼睛露在外面。

雖然明知道即使半夜趕到驪山，也見不到劉弗陵，可還是要儘量減少在路上逗留的時間，減少行蹤洩漏的可能。

幸虧今夜風大，路上的旅人少到無。他們也因為刀子般的風，可以順理成章地蒙面趕路。

他的緩兵之計已到盡頭，再拖延下去，霍光肯定會起疑。

劉弗陵是他現在唯一的希望，既然劉弗陵肯答應避開所有人見他，應該已經預料到他想說的話，也應該會同意。

雖然他的家破人亡、滿門血仇和劉弗陵並沒有直接關係，可他一直對和劉弗陵合作十分抗拒，所以他一直都只是為了自己的目的遠遠地審視著劉弗陵，估量著劉弗陵。卻沒有想到最終被世事逼迫到如此，就如同他沒有想到從小一直憎恨著的劉病已，和自己竟然會有執棋論事的一天。

如果是以前，一切都會很簡單，他肯定會選擇對自己最有利的做法——娶霍成君。

霍成君不同於霍憐兒，她很清楚自己要什麼，也有能力為自己爭取，霍成君的心性才適合輔助他在長安城得到一切他想要的東西。

而雲歌的利用價值，和霍成君比起來，已經不足一提。

他當年初進長安，一介布衣，既無人又無錢。小賀雖然承諾助他，可在先帝的削藩政策下，所有藩王的財力都嚴格受朝廷控制，小賀在長安城的勢力也有限。

他的所有計劃都需要風叔叔的產業和人力支持，可是風叔叔深受義父影響，對朝廷爭鬥敬而遠之，絕對不會支持他的任何行動，他想用風叔叔的財富和人脈介入漢朝的黨派爭鬥中，根本不可能。

唯有雲歌，他義父深愛女子的女兒，能讓一切不同。義父是風叔叔心中的神，而他是義父唯一的後人，雲歌加上孟的姓氏才能讓一切從不可能到可能。

事實證明了他的推測，風叔叔本來當日已經對他動怒，可見到雲歌髮上的金銀花簪時，別的一切在風叔叔心中立即都不重要，重要的是他看見了一個姓孟的少年執起那個金銀花下女子的手，彌補了他們心中最深的無可奈何與遺憾。

現在，風叔叔已經將大漢朝的產業全部交給他。雖然三個伯伯還不肯將西域的產業交給他，但在權傾天下的霍氏家族面前，那些產業已經不再重要。

他一再嘗試，也無數次想說服自己，甚至他抱了霍成君，還嘗試過吻她。他一遍遍告訴自己「都是女人，閉上眼睛抱在懷裡不都一樣嗎？況且只論容貌，霍成君並不比雲歌差。」

可是不一樣，雖然他理智上怎麼想都覺得應該一樣，可就是不一樣。

他腦子裡說「一樣，一樣」，慢慢俯下身子去吻霍成君，可心卻在極其明確地告訴他「不一樣，不一樣」，在最後一瞬，就在他要吻上霍成君的唇時，他竟然控制不住自己地推開了霍成君。

面對霍成君驚傷和不能置信的神情，他立即笑著安慰霍成君，道歉說自己不應該一時衝動冒犯她。

可他心中明白，只是因為那個人是雲歌，他只是無法讓那個人從他指間溜走，那是他的小雲歌呀！

是在他最骯髒、最無助、最潦倒時，仍然會反手握住他手的雲歌。

是在他冷言譏諷時，仍然會笑的雲歌。

是他以為自己厭惡了很多年的嬌小姐，一邊厭惡著，一邊卻牢牢記住了她的每一句話、每一個笑容，她的綠羅裙，她的名字。

三個伯伯極其偶爾地會提起雲歌的天山雪駝鈴鐺。

每次都只是因為他碰巧說到什麼，才會讓伯伯們碰巧提一兩句他們刻意迴避著的人與事，所以每一次他都會十分恰好、十分不經意地「碰巧」在場。

追逐著天山雪駝的足印，他在草灰蛇線中尋覓那個他所厭惡的人的消息。

知道她與鈴鐺到過厝木湖，去了孔雀河，還知道她的鈴鐺陪著她越過了興都庫什山，到了天竺國的迦濕彌羅，這趟行程她一去就是三年，音訊全無。

她那麼任意，又那麼自在地揮霍著時間，享受著生命。

而他在讀書、在練劍、在學醫、在用毒、在習琴、在跟著三個伯伯學做生意、在密切地觀察著漢朝發生的一切。

他的每一刻時間都沒有浪費。

他努力學習著一切，他一天只睡兩個時辰，他邊吃飯邊背書，甚至睡夢中他都在反覆練習著義父的一舉一動，他要用義父的完美風姿掩去身上的戾氣，他要他的敵人看見他時，絕無疑心，他要所有曾經蔑視過他的人，都要在他面前自慚形穢。他不知道自己是否也曾潛意識想過，再見那個喜穿綠衣的丫頭時，他要一切都是最好。

時間在林木枯榮間流逝，他安靜地等著復仇的合適時機，安靜地準備著一切，也許……在他心中，在他從不肯承認的某個角落裡，也還在耐心地等待她的歸來。

他等待著她歸來時，他和她的完美重逢。

他做到了！他以他無懈可擊的姿態出現，而這次她成了乞兒，可她對他視若不見、無動於衷。

她沒有認出他？

她當然不會認出他！

介意？釋然？

他鄙夷著她的蠢笨，嘲諷著她的偽善，厭惡著她對一切的不在乎，可是唯獨沒有驚訝。

八年的時間，在他的心底深處，也許他早已知道她是什麼樣子的人。

時間太久遠，牽絆也太多了，一切早在他自己知道前發生了，他已無法理智地抹去心中的所有印記。

在無數次隔著時間、空間的注視中，在長達八年的留意中，他已經習慣在他的時間、空間裡，有她的存在。

所以他現在只能像個傻子一樣，不在長安城享受溫暖，卻奔馳在冷風中；不去走康莊大道，而要去過獨木橋。

這樣大的風，很不適合出行，所以孟玨一路疾馳未見一人。

孟玨還以為可以就這樣一直到驪山，卻不料看到一輛馬車出現在路的盡頭，四周還有不少人隨行相護。

這樣的夜晚還要趕路，肯定有非比尋常的事情。

孟玨心中疑惑，放慢了馬速，謹慎地讓到路側。他身後的六月和八月也立即隨著孟玨讓到了路旁。

不知道是因為在冷風中騎馬，還是別有原因，一行人都穿著大斗篷，面目也是如孟玨他們一樣遮著。

馬車周圍的人看到路側的三人，手都暗暗放在了兵器上。

六月和八月也是全力戒備。

彼此相安無事地就要擦肩而過，各自都鬆了口氣。

可突然之間，路側的樹林內一群蒙面人攻出，直撲馬車而去。

馬車周圍的人立即將馬車團團護住，六月和八月也是一前一後護住了孟玨，只看刀光劍影，一場廝殺已經展開。

此行所帶的宦官，全是高手，是自先帝起，就暗中訓練的影衛。來者人數雖多，于安卻並不怕，震怒下喝道：「全給我殺了！」

孟珏雖知道有誤會，可因為刺客正是從自己身後的林子攻出，怎麼看都像是自己一夥的，一時根本解釋不清楚，而且對方已經下了殺手，他們不能不自保，只能稀裡糊塗地打了起來。

所有宦官都是自小經過嚴格訓練的好手，不僅是功夫，更有殺人和折磨人的法子。來行刺的刺客也都算好手，奈何碰到一群鎖在深宮裡，從小到大，什麼事情都不做，就專心練殺人的人，而且因為六根不全，大部分人的招式都是充滿了陰狠的殺意，用招比刺客更狠毒。

刺客漸漸不敵，紛紛倒在宦官們的軟劍下，而且全是一些最痛苦的死法。

劉弗陵聽到外面的兵戈聲漸小，輕敲了敲馬車壁，淡淡說：「口供。」

于安懊悔地跺腳，剛才被氣糊塗了，立即喝道：「留活口。」掃眼間，卻只剩下孟珏那邊的三人。于安縱身飛出，直撲孟珏。

于安三歲起就受教於宮廷內的老宦官，為日後服侍皇子做準備，他的天賦又很高，否則劉徹也不會從幾千個宦官中，選中他來服侍大漢未來的皇帝。幾十年下來，于安一身陰柔的功夫說冠絕天下也不為過。

孟珏身邊的名師雖多，可學藝時年齡已大，和一般人過招，他的功夫還算好，碰上于安這樣的絕頂高手卻是處處危險。

六月和八月已經多處受傷，本來命在旦夕，可和他們過招的兩個宦官竟然玩起了貓捉老鼠的遊戲，並不要六月和八月的命，只是用劍一下下在他們身上劃著，不深不淺，只要見血。

孟玨一再說「有誤會」，但于安只想活捉了他，根本懶得聽。

孟玨的傲氣被激出，索性再不解釋，沉下心來，招招直取于安的要害，因為招式來自西域殺手代代累積的經驗，雖然簡單，卻是即使自己死，也一定要對方賠上半條命的打法。

于安因為想要活口，又不想自己受傷，招式開始有了顧忌，雖然一時間還拿孟玨無可奈何，但打敗孟玨只是遲早的事情。

其餘宦官都護在馬車周圍，笑看著那邊勝利已定的打鬥。

突然風中傳來陣陣辛辣刺鼻的味道，樹林中騰起濃烈的煙霧。

于安一驚，以為又有刺客攻到，不敢因小失大，立即回身去保護劉弗陵。

歷代宮廷鬥爭下來，宮中最不缺的就是毒藥和解毒藥，每個宦官身上這些東西都沒有少帶，既是用來殺人、救人，必要時，也可以用來滅自己的口。

于安並不怕對方用毒，什麼天山雪蓮、百年何首烏、千年人參，他都吃過，可現在竟然沒有任何解毒效果。眾人都是咳嗽不停，眼睛也覺得火辣辣地疼，直流淚。但若說中毒又不像，因為眾人的勁力沒有受絲毫影響。

濃煙中，打鬥的人出劍都有些歪斜，孟玨雖是滿心詫異，卻一面咳嗽著，一面不禁笑起來。這拿調料做武器的人，估計世間除了他的雲歌再無第二個了。

既不是毒藥，自然也無藥可解。若說解藥，唯一的解藥就是用清水漱口和沖洗眼睛。

于安因為怕還有人襲擊，所以和其他宦官都一面流著眼淚咳嗽，一面緊張地護著馬車，不敢輕舉妄動，只能旁觀幾個宦官和孟玨他們打鬥。

雲歌拿濕帕子遮住了口鼻，在濃煙中爬到孟玨身旁，向正和孟玨他們打鬥的宦官們丟了一大捧東西，一聲粗叫：「五毒蝕心粉！」

幾個宦官紛紛下意識地跳開，迴避藥粉。雲歌拽著孟玨就跑，六月和八月忙跟在他們身後。

宦官們隨即就發現丟在身上的東西居然是茴香子、胡椒子、八角和其他一些亂七八糟的東西，雖然不知道別的是什麼，但想來「五毒蝕心粉」怎麼也不會包括茴香，深感上當受騙，大怒著追了上去。

經過雲歌點燃的火堆旁，孟玨隨手往裡面丟了一團東西，一陣白煙騰起，撲鼻的香氣替代了辛辣刺激的味道。

孟玨回頭說：「奉勸各位不要再追了，這次可絕對是『童叟無欺，如假包換』的毒藥，而且我的毒藥絕非一般的毒藥，即使你們有解毒聖藥，武功也要大打折扣。」

追來的宦官雖然都竭力屏住呼吸，可還是腳步虛浮，速度大慢。果如孟玨所言，即使有解藥，也有些勁力不繼。

雲歌指了指樹林裡那幫刺客留下的馬，孟玨三人立即去牽馬，雲歌卻停在了原地，孟玨翻身上馬後，看雲歌竟然還呆呆站在那，立即策馬回身，伸手想拉雲歌和他同騎一匹馬。

雲歌呆呆地看著孟玨，卻沒有伸手去握他的手。

雲歌眉如遠山，眼若秋水，原本寫意飛揚，此時卻眉間蘊著悽楚，目中透著淚意。

孟玨驚訝不解：「雲歌？」

六月和八月看到那些武功高強到變態的人快要追到，著急地催促：「公子！」

「雲歌？」孟珏又叫了一遍，一面策著馬向雲歌靠近，俯身想直接把她強拎上馬。

雲歌卻跳了開去，在孟珏不能相信的質問眼光中，她決絕地扭過了頭，在馬後臀上狠打了一下，孟珏的馬衝了出去，六月和八月立即打馬跟上。

雲歌起先點燃的火堆被風吹得不斷有火星飛出，遇到枯葉，藉著風勢，林子內各處都有火燃起，馬兒被火驚嚇，開始瘋跑，孟珏根本無法勒住馬，只能在顛簸的馬背上，回身盯著雲歌，眼中全是疑問和不能相信，雲歌卻看都不看他一眼。

天，墨般漆黑，地上紅焰狂舞。

風在天地間盤旋怒嗚，受驚的馬在火光中奔跑閃避，發出長長的嘶鳴。

一抹單薄的身影漸漸消失在孟珏的視線中。

雲歌拉住已經被火焰嚇得亂跳的馬，想要翻身上馬。

一個宦官眼看著人就要全跑光，氣急交加，一時忘了于安說過的「留活口」，隨手將手中的劍朝雲歌飛擲出。

雲歌的身子在剛觸到馬背的剎那，一陣透心的巨疼從後背傳來，她低頭困惑地看著自己胸前，不明白怎麼會有一截劍刃從胸前冒出，手上鮮紅的濡濕又是從哪裡來？

她的眼前漸漸發黑，手從馬鬃上無力地滑下，身子軟軟摔落在了地上。

馬兒前蹄高高提起，仰頭對著天空發出悲鳴，卻喚不起主人。只有火光將牠定格成了漆黑天空下一道悲涼的剪影。

林間的風呼呼吹著。

火焰隨著風勢越騰越高，越燒越旺，燒得整個樹林都變成了火的海洋，天地間一片血紅的透亮。

劉弗陵掀起簾子，走下了馬車，靜靜看著前方熊熊燃燒的大火。

大風吹得他的袍子獵獵作響，在火光的映照下，他的面寒如水，眸沉似星。

——雲中歌〔卷二〕情亂長安城　卷終

茶蘼坊 14

作　　者　桐華

總 編 輯　張瑩瑩
主　　編　蔡麗真

責任編輯　吳季倫
校　　對　仙境工作室
美術設計　yuying
封面設計　周家瑤
行銷企畫　黃煜智、黃怡婷

社　　長　郭重興
發行人兼
出版總監　曾大福
出　　版　野人文化股份有限公司
　　　　　電子信箱：service@sinobooks.com.tw
發　　行　遠足文化事業股份有限公司
　　　　　地址：231新北市新店區民權路108-3號6樓
　　　　　電話：（02）2218-1417　傳真：（02）8667-1065
　　　　　電子信箱：service@sinobooks.com.tw
　　　　　網址：www.sinobooks.com.tw
　　　　　郵撥帳號：19504465　戶名：遠足文化事業股份有限公司
　　　　　客服專線：0800-221-029
法律顧問　華洋國際專利商標事務所 蘇文生律師
印　　製　成陽印刷股份有限公司
初　　版　2011年12月

定　　價　220元
ISBN　978-986-6158-66-7

歡迎團體訂購，另有優惠，請洽業務部（02）2218-1417分機1120、1123

雲中歌

卷二

情亂長安城

國家圖書館出版品預行編目資料

雲中歌〔卷二〕情亂長安城 / 桐華　著
-- 初版. -- 新北市：
野人文化出版：遠足文化發行，2011.12
224面；15 × 21公分. --（茶蘼坊；14）

ISBN 978-986-6158-66-7（平裝）

857.7　　100020551

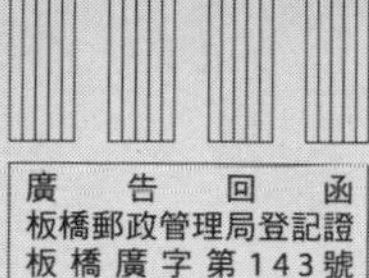

廣　告　回　函
板橋郵政管理局登記證
板橋廣字第143號

郵資已付　免貼郵票

23141
新北市新店區民權路108-3號6樓
野人文化股份有限公司 收

請沿線撕下對折寄回

書名：雲中歌〔卷二〕情亂長安城　　書號：0NRR0014

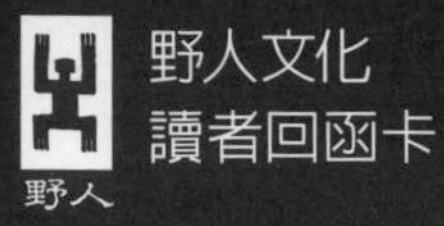

野人文化
讀者回函卡

姓　名　　□女 □男　生日

地　址

電　話　公　　宅　　手機

Email

學　歷　□國中(含以下) □高中職　□大專　□研究所以上

職　業　□生產/製造　□金融/商業　□傳播/廣告　□軍警/公務員
□教育/文化　□旅遊/運輸　□醫療/保健　□仲介/服務
□學生　□自由/家管　□其他

◆你從何處知道此書？
□書店　□書訊　□書評　□報紙　□廣播　□電視　□網路
□廣告DM　□親友介紹　□其他

◆你通常以何種方式購書？
□逛書店　□網路　□郵購　□劃撥　□信用卡傳真　□其他

◆你的閱讀習慣：
□百科　□生態　□文學　□藝術　□社會科學　□地理地圖
□民俗采風　□休閒生活　□圖鑑　□歷史　□建築　□傳記
□自然科學　□戲劇舞蹈　□宗教哲學　□其他

◆你對本書的評價：(請填代號，1.非常滿意　2.滿意　3.尚可　4.待改進)
書名_____封面設計_____版面編排_____印刷_____內容_____
整體評價_____

◆你對本書的建議：